Мужики

契诃夫小说选集

农民集

〔俄〕契诃夫　著

汝龙　译

人民文学出版社

图书在版编目（CIP）数据

契诃夫小说选集．农民集／（俄罗斯）契诃夫著；汝龙译．—北京：人民文学出版社，2021
 ISBN 978-7-02-012932-4

Ⅰ.①契… Ⅱ.①契…②汝… Ⅲ.①短篇小说—小说集—俄罗斯—近代 Ⅳ.①I512.44

中国版本图书馆 CIP 数据核字(2017)第 134197 号

策划编辑　张福生
责任编辑　李丹丹
装帧设计　刘　静
责任印制　王重艺

出版发行　人民文学出版社
社　　址　北京市朝内大街 166 号
邮政编码　100705
网　　址　http://www.rw-cn.com

印　　刷　三河市博文印刷有限公司
经　　销　全国新华书店等

字　　数　79 千字
开　　本　787 毫米×1092 毫米　1/32
印　　张　6.5
印　　数　1—3000
版　　次　2021 年 4 月北京第 1 版
印　　次　2021 年 4 月第 1 次印刷

书　　号　978-7-02-012932-4
定　　价　28.00 元

如有印装质量问题，请与本社图书销售中心调换。电话:010-65233595

目　　次

农民 …………………………… 1

在峡谷里 ………………………… 69

古塞夫 …………………………… 153

梦想 ……………………………… 183

农　民

一

莫斯科旅馆"斯拉夫商场"的一个仆役尼古拉·契基尔杰耶夫害病了。他的两条腿麻木,脚步不稳,因此有一天他手里托着一个盘子,盘子里盛着一份火腿加豌豆,顺过道走着,绊一个筋斗,摔倒了。他只好辞去职务。他已经把他自己和他妻子所有的钱都花在治病上,他们没法生活了,而且闲着没事做也无聊,就决定应该回家乡,回村子里去。在家里不但养病便当些,

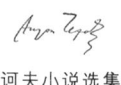

生活也便宜些。俗语说:"在家千日好,出门一时难"①,这话不是没有道理的。

将近黄昏,他到了他的故乡茹科沃。据他小时候的记忆,故乡的那个家在他的心目中是个豁亮、舒服、方便的地方,可是现在一走进木房,他简直吓一跳,那么黑、那么窄、那么脏。他妻子奥莉加和他女儿萨莎是跟他同路来的,她们瞧着那个不像样的大炉子发了呆,它差不多占据半间屋子,给煤烟和苍蝇弄得污黑。好多的苍蝇哟!炉子歪了,墙上的原木歪歪斜斜,好像小木房马上就要坍下来似的。在前面墙角靠近圣像的地方。贴着瓶子上的商标纸和剪下来的报纸,这些是用来代替画片的。穷啊,穷啊!大人一个也不在家。大家都收庄稼去了。炉台上坐着一个八岁上下的、淡黄色头发的姑娘,没洗脸,露出冷冷淡淡的神情,她甚至没有看一眼这些走进来的人。下面,一只白猫正在炉

---

① 原文直译是"在家庭的四面墙壁里有帮助"。

叉上蹭痒痒呢。

"猫咪,猫咪!"萨莎叫它,"猫咪!"

"我们这只猫听不见,"那小姑娘说,"它聋了。"

"为什么?"

"是啊。它挨了打。"

尼古拉和奥莉加头一眼就瞧出来这儿的生活是什么样子,可是彼此都没说话。他们一声不响地放下包袱,一声不响地走出门外,到街上去了。从尽头数起他们的木房算是第三家,看上去好像是顶穷苦、顶古老的一家。第二家也好不了多少。可是尽头的一家却有铁皮房顶,窗上挂着窗帘。那所木房孤零零地立在那儿,四周没有围墙,那是一个小饭铺。所有的木房排成一单行,整个小村子安静而沉思,从各处院子里伸出柳树、接骨木、山梨树的枝子,有一种愉快的景象。

在农民住房的背后,有一道土坡溜到河边,直陡而险峻,这儿那儿的黏土里露出一块块大石头。在陡坡上,有一条小路顺着那些石头和陶工所挖的坑旁边蜿蜓出去。一堆堆碎陶器的破片,有棕色的,有红色的,在各处垒得很高。坡下面铺展着一片广阔、平整、碧绿的草场,草已经割过,如今农民的牲口正在那儿溜达。那条河离村子有一俄里远,在美丽的、树木茂密的两岸中间弯弯曲曲流过去。河对岸又是一个广阔的草场,有一群牲口和长长的好几排白鹅。过了草场,跟河这边一样,有一道陡坡爬上山去。坡顶上有一个村子和耸起五个拱顶的教堂,再远一点是一个老爷的房子。

"你们这儿真好!"奥莉加说,对着教堂在胸前画十字,"主啊,多么宽敞啊!"

正好这当儿钟声响起来,召人去做彻夜祈祷(这是星期六的黄昏)。下面有两个小姑娘,抬着一桶水,回过头去瞧着教堂,听那钟声。

"这会儿,'斯拉夫商场'正在开饭……"尼古拉沉思地说。

尼古拉和奥莉加坐在陡坡的边上,观赏日落,看金黄和绯红的天空怎样映在河面上,映在教堂的窗子上,映在空气中。空气柔和、沉静、难以形容的纯净,这在莫斯科是从来也没有的。太阳下山,成群的牲口走过去,咩咩地、哞哞地叫着,鹅从对岸飞过河来,然后四下里又沉静了。柔和的亮光融解在空气里,昏暗的暮色很快地降下来。

这当儿尼古拉的父母,两个干瘦的、驼背的、掉了牙的老人,身材一般高,回家来了。两个女人,儿媳妇玛丽亚和菲奥克拉,本来在对岸的地主庄园上工作,也回家来了。玛丽亚是尼古拉的哥哥基里亚克的妻子,有六个孩子。菲奥克拉是他弟弟杰尼斯的妻子,有两个孩子,杰尼斯出外当兵去了。尼古拉一走进木房,看见全家的人,看见高板床上、摇篮里、各处墙角里那些动弹着的大大小小的身体,看见两个老人和那些女人怎样用黑面包泡在水里,狼吞虎咽地吃下去,他就暗想:他这么生着病,一个钱也没有,回到这里来,而且带着家眷,是做错了,做错了!

"哥哥基里亚克在哪儿?"他们互相招呼过后,

他问。

"他在一个商人那儿做看守人,"他父亲回答,"他住在那边树林子里。他呢,倒是个好样儿的庄稼汉,就是酒喝得太厉害。"

"他不是挣钱的人!"老太婆辛酸地说,"咱们这一家的庄稼汉都倒霉,都不带点什么回家来,反倒从家里往外拿。基里亚克喝酒,老头子呢,也认得那条上小饭铺去的路,这种罪孽也用不着瞒了。这是圣母生了咱们的气。"

由于来了客人,他们烧起茶炊来。茶有鱼腥气,糖是灰色的,而且已经有人咬过。蟑螂在面包和碗盏上爬来爬去。喝这种茶叫人恶心,谈话也叫人不舒服,谈来谈去总离不了穷和病。可是他们还没喝完一杯茶,忽然院子里传来响亮的、拖长的、醉醺醺的声音:

"玛——丽亚!"

"看样子好像基里亚克来了,"老头子说,"说起他,他就来了。"

一片沉寂。过了不大工夫,嚷叫声又响起来,又粗又长,好像是从地底下发出来的:

"玛——丽亚!"

大儿媳妇玛丽亚脸色变白,缩到炉子那边去。这个结实的、宽肩膀的、难看的女人的脸上会现出这么害怕的神情,看上去很有点古怪。她女儿,那个原先坐在炉台上、神情淡漠的小姑娘,忽然大声哭起来。

"你号什么,讨厌鬼!"菲奥克拉对她吆喝道。她是一个漂亮的女人,身体也结实,肩膀也宽,"他不会打死她,不用怕!"

尼古拉已经从老头子口里听说玛丽亚不敢跟基里亚克一块儿住在树林子里。每逢他喝醉酒,他总来找她,大吵大闹,死命地打她一顿。

"玛——丽亚!"嚷叫声从门口传来。

"看在基督面上,救救我,亲人们,"玛丽亚嘟嘟哝哝地说,喘着气,仿佛浸在很冷的水里似的,"救救我,亲人们……"

木房里的孩子有那么多,他们一齐哭起来。萨莎学他们的样,也哭起来。先是传来一声醉醺醺的咳嗽,随后有一个身材高大、满脸黑胡子的农民,戴着一顶冬天的帽子走进木房里来,由于小灯射出昏暗的光,他的脸看不清,显得很吓人。这人就是基里亚克。他走到妻子跟前,抡起胳膊,一拳头打在她脸上。她没喊出一点声音就给这一拳打昏了,一屁股坐下去,她的鼻子里立刻流出血来。

"好不害臊,好不害臊,"老头子嘟哝着,爬到炉台上去,"而且当着客人的面!造孽哟!"

老太婆一声不响地坐在那儿,弓着身子想心事。菲奥克拉摇着摇篮……显然,基里亚克感到自己招人害怕,心里得意,索性抓住玛丽亚的胳膊,拉她到门口,像野兽似的吼叫,为了显得更可怕些,可是这当儿他忽然瞧见客人,就停住手。

"哦,他们已经来了……"他说,放了妻子,"亲兄弟跟他家里的人……"

农民集

他在圣像前面念完祷告,摇摇晃晃,睁大他那发红的醉眼,接着说:

"亲兄弟跟他家里的人到爹娘家里来了……就是说,打莫斯科来的。就是说,莫斯科那个古时候的京城,所有的城市的母亲……原谅我……"

他在靠近茶炊的一张长凳上坐下,开始喝茶,在一片沉寂里独有他凑着小碟大声地喝茶……他喝了十来杯,然后在长凳上躺下,打起鼾来。

他们分头睡下。尼古拉因为有病,就跟老头子一块儿睡在炉台上。萨莎躺在地板上,奥莉加跟别的女人一块儿到板棚里去了。

"算了,算了,亲人儿,"她说,挨着玛丽亚在干草上躺下来,"眼泪消不了愁!忍·忍就行了。《圣经》上说:谁要是打你的右脸,就把左脸也送上去……算了,算了,亲人儿!"

然后,她压低嗓音用唱歌样的声调跟她们讲莫斯科,讲她的生活,讲她怎样在那些带家具的房间里做女仆。

"在莫斯科呀,房子都挺大,是用石头砌的,"她说,"教堂好多好多哟,四十个四十都不止,亲人儿。那些房子里都住着上等人,真好看,真文雅!"

玛丽亚说她不但从来没有到过莫斯科,就连故乡的县城也没去过。她认不得字,也不会祷告,就连"我们的父"①也不知道。她和她的弟媳菲奥克拉(这时候她坐在不远的地方听着呢)都十分不开展,什么也不懂。她们俩都不喜欢自己的丈夫。玛丽亚怕基里亚克。每逢只剩下她一个人跟他待在一块儿,她就害怕得发抖,而且一挨近他就总是被他喷出的浓烈的酒气和烟气熏得头痛。菲奥克拉一听到人家问起丈夫不在,是不是闷得慌,就没好气地回答说:

"滚他妈的!"

她们谈了一会儿,就不响了……

---

① 祈祷文的开头几个字。

农　民　集

天气凉了。一只公鸡在板棚附近逼尖了喉咙喔喔地啼着,搅得人睡不着。等到淡蓝色的晨光射进每条板缝,菲奥克拉就悄悄地爬起来,走出去,随后听见她匆匆地跑到什么地方去了,她那双光脚踩出一片吧嗒吧嗒的声音。

二

奥莉加到教堂里去,带着玛丽亚一路去了。她们顺小路下坡,向草场走去,两个人兴致都挺好。奥莉加喜欢空旷的乡野。玛丽亚觉着这个姗娌是一个贴心的亲人。太阳升上来了。一只带着睡意的鹰在草场上面低低地飞翔,河面黯淡无光,有些地方有雾飘浮,可是从对面的高岸上面已经伸过一长条亮光来。教堂发亮了,白嘴鸦在地主的花园里哇哇地叫得很欢。

"老头子倒没什么,"玛丽亚讲起来,"可是老奶奶挺凶,总是吵架。咱们自己的粮食只够吃到谢肉节,现在我们在小饭铺里买面粉,所以她不痛快。她说:'你们吃得太多了。'"

"算了,算了,亲人儿!忍一忍就行了。经上写着:上我这儿来吧,所有你们这些辛苦劳累的人。"

奥莉加用唱歌样的声调平心静气地说着,她的步子像参拜圣地的女人的那种步子,又快又急。她每天念《福音书》,念得挺响,学教堂执事的那种腔调,有很多地方她看不懂,可是那些神圣的句子却把她感动得流泪,她一念到"如果"和"暂且"那类字,就觉着晕晕乎乎,心都不跳了。她信仰上帝,信仰圣母,信仰圣徒。她相信不管欺负什么人,普通人也好,德国人也好,茨冈也好,犹太人也好,都不应该。她相信甚至不怜恤动物的人都会倒霉。她相信这些是写在圣书上的,因此,每逢她念《圣经》上的句子,即使念到不懂的地方,她的脸容也会变得怜悯、感动、放光。

"你是哪儿的人?"玛丽亚问她。

"我是弗拉基米尔省的人。可是我早就到莫斯科去了,那时候我才八岁。"

她们走到河边。河对岸有个女人站在水边上,正在脱衣服。

"那是咱们家的菲奥克拉,"玛丽亚认出来了,"她刚才过河到老爷的庄园上去了。她去找老爷手下的男管事。她胡闹,爱骂人,真不得了!"

眉毛乌黑,头发蓬松的菲奥克拉年纪还轻,身体跟姑娘家一样结实,从岸坡上跳下去,用脚拍水,向四面八方送出浪花去。

"她爱胡闹,真不得了!"玛丽亚又说一遍。

河上架着一道摇晃的小木桥,桥底下清洁透亮的河水里游着成群的、宽额头的鲦鱼。碧绿的灌木丛倒映在水里,绿叶上的露珠闪闪发亮。天气暖起来,使人感到愉快。多么美丽的早晨啊!要是没有贫穷,没有那种可怕的、无尽头的、使人躲也没处躲的赤贫,大概人世间的生活也会那样美丽吧!这时候只要回头看一眼村庄,昨天发生的一切事情就会生动地想起来,她们本来在四周的风光里感到的那种令人陶醉的幸福,这时候就一下子消灭了。

她们走进教堂。玛丽亚站在门口,不敢再往前走。虽然要到八点多钟教堂才会打钟做弥撒,她却不敢坐下去。她始终照这样站在那儿。

正在念《福音书》的时候,人群忽然分开,闪出一条路来让地主一家人走过去。有两个姑娘穿着白色连衣裙,戴着宽边帽子,走进来,跟她们一块儿来的还有一个脸蛋儿又胖又红的男孩,穿着海军服。她们一来,感动了奥莉加。她第一眼看去,就断定她们是上流社会的、有教养的、优雅的人。可是玛丽亚皱起眉头阴沉而郁闷地瞟着她们,仿佛进来的不是人,而是妖怪,要是她不让出路来,就会被踩死似的。

每回辅祭用男低音高声念着什么,她总觉着仿佛听见了一声喊叫:"玛——丽亚!"她就打冷颤。

三

村子里的人已经听说这些客人来了,做完弥撒以后,马上有许多人聚到那小木房里去。列昂内切夫家的人、玛特维伊切夫家的人、伊里巧夫家的人,都来打听他们那些在莫斯科做事的亲戚。茹科沃村所有的青年,只要认得字,会写字,就都送到莫斯科去,专门在旅馆或者饭馆里做仆役(就跟河对面那个村子里的青年都送到面包房里去做学徒一样)。这早已成了风气,从农奴制时代①就开始了。先是有一个茹科沃的农民名叫卢卡·伊万内奇的,现在已经成为传奇人物了,那时候在莫斯科的一个俱乐部里做食堂的侍役,只肯推荐同乡去做事。等到那些乡亲得了势,就找他们的亲戚来,把他们安插在旅馆里和饭馆里。从那时候起,附

---

① 农奴解放令是在1861年颁布的。

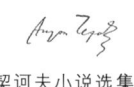

近一带的居民就把茹科沃这个村子不叫做别的,只叫做下贱村或者奴才村了。尼古拉在十一岁那年给送到莫斯科去,由玛特维伊切夫家的伊万·马卡雷奇谋了个事,当时伊凡·马卡雷奇在隐居饭店当差。现在,尼古拉带着一本正经的神情对玛特维伊切夫家的人说:

"伊万·马卡雷奇是我的恩人,我得日日夜夜为他祷告上帝,因为多亏他提拔,我才成了上流人。"

"我的爷啊,"伊万·马卡雷奇的妹妹,一个身材很高的老太婆,含着泪说,"我们一直没得着一点他的消息,那个亲人。"

"去年冬天他在奥蒙那一家当差,听说这一季他到城外一个花园饭店去了……他老了!是啊,往年夏天,他每天总要带着大约十个卢布回家,可是现在到处生意都清淡,这就苦了老人家了。"

女人们和那些老太婆瞧着尼古拉的穿了毡靴的脚,瞧着他那苍白的脸,悲凉地说:

"你不是挣钱的人了,尼古拉·奥西培奇,你不是挣钱的人了！真的不行了！"

大家全都疼爱萨莎。她已经满十岁了,可是她个子小,很瘦,看上去不过七岁的样子。别的小姑娘,都是脸蛋儿晒得黑黑的,头发胡乱地剪短,穿着褪了色的长衬衫,她夹在她们当中,却脸蛋儿白白的,眼睛又大又黑,头发上系着红丝带,显得滑稽可笑,倒好像她是一头小野兽,在旷野上给人捉住,带到小木房里来了似的。

"她认得字呐!"奥莉加夸道,温柔地瞧着她的女儿,"念一念吧,孩子!"她说,从墙角拿出一本《福音书》来,"你念,让那些正教徒听一听。"

那本《福音书》又旧又重,皮封面,书边摸脏了。它带来一种空气,仿佛修士们走进房里来了似的。萨莎抬起眉毛,用唱歌样的声音响亮地念起来:

"'他们去后有主的使者……向约瑟梦中显现,说:起来,带着小孩子同他母亲……'"

"'小孩子同他母亲。'"奥莉加跟着念了一遍,激动得涨红了脸。

"'逃往埃及……住在那里,等我吩咐你,因为希律必寻找小孩子,要除灭他……'"①

听到这里,奥莉加再也忍不住,就哭起来。玛丽亚看着她那样子,就也抽抽搭搭地哭了,随后伊万·马卡雷奇的妹妹也跟着哭。老头子不住咳嗽起来,跑来跑去要找一件礼物送给孙女,可是什么也没找到,只好挥一挥手,算了。等到念完经,邻居们就走散,回家去了。他们都深受感动,十分满意奥莉加和萨莎。

由于这天是节日,一家人就在家里待了一天。老太婆(不管丈夫也好,儿媳妇也好,孙子孙女也好,统统都叫她老奶奶)样样事情都要亲自做。她亲自生炉子,烧茶炊,甚至自己给田里的男人们送午饭去,事后却又抱怨说累得要死。她老是担心家里人吃得太多,担心丈夫和儿媳妇闲坐着不做事。一会儿,她仿佛听

---

① 见《新约·马太福音》。"小孩子"是耶稣,"约瑟"是耶稣母亲马利亚的丈夫,当时希律王要捉耶稣,所以全家逃了。

见饭铺老板的鹅从后面溜进她的菜园里来了,她就捞起一根长棍子跑出小木房,到那些跟她自己一样瘦小干瘪的白菜旁边尖声喊上半个钟头,一会儿,她又觉着仿佛有一只乌鸦偷偷来衔她的小鸡,就一边骂着,一边向乌鸦冲过去。她一天到晚生气,发牢骚,常常叫骂得那么响,弄得街上的行人都站住脚听。

她待她的老头子很不和气,一会儿骂他懒骨头,一会儿骂他瘟疫。他是个没有主张而很不可靠的人,要不是因为她经常督促他,也许他真就什么活也不干,光是坐在炉台上扯淡了。他对儿子说起他的一些仇人,讲个没完没了,抱怨邻居每天欺负他,听他讲话是乏味的。

"是啊,"他的话头拉开了,手叉在腰上,"是啊……在圣十字架节①以后,过了一个星期,我把干草按一普特三十戈比的价钱卖出去了,是我自个儿要卖

---

① 基督教的节日,在 9 月 14 日。

的……是啊……挺好……所以,你瞧,有一天早晨我把干草搬出去,那是我自个儿要干,我又没招谁惹谁。偏偏赶上时辰不利,我看见村长安契普·谢杰尔尼科夫打小饭铺里出来。'你把它拿到哪儿去,你这混蛋?'他说啊说的,给我一个耳光。"

基里亚克害着很厉害的醉后头痛,在他弟弟面前觉得不好意思。

"这白酒害得人好苦啊。唉,我的天!"他嘟哝着,摇着他那胀痛的脑袋,"看在基督的分上,原谅我,亲兄弟和亲弟妹。我自己也不快活啊。"

因为这天是节日,他们在小饭铺里买了一条鲱鱼,用鲱鱼头熬汤。中午,他们坐下来喝茶,喝了很久,喝得大家都出了汗。他们真也好像让茶灌得胀大了。然后他们又喝鱼汤,大家都就着一个汤钵舀汤喝。至于鲱鱼,老奶奶却藏起来了。

傍晚,一个陶器工人在坡上烧汤钵。下面草场上,姑娘们围成一个圆圈跳舞,唱歌。有人拉手风琴。河对面也在烧窑,也有姑娘唱歌,远远听来歌声柔美而和谐。小饭铺里面和小饭铺左近,农民们闹得正有劲。他们用醉醺醺的嗓音杂七杂八地唱歌,互相咒骂,骂得非常难听,吓得奥莉加只有打抖的份儿,嘴里念着:

"啊,圣徒!……"

使她吃惊的是这种咒骂滔滔不绝,而且骂得顶响、骂得顶久的反而是快要入土的老头子。姑娘们和孩子们听着这种咒骂,一点也不难为情,他们明明从小就听惯了。

过了午夜,河两岸陶窑里的火已经微下去,可是在下面的草场上,在小饭铺里,大家仍旧在玩乐。老头子和基里亚克都醉了,胳膊挽着胳膊,肩膀挤着肩膀,走到奥莉加和玛丽亚所睡的板棚那边去。

"算了吧,"老头儿劝道,"算了吧……她是挺老实的娘儿们……这是罪过……"

"玛——丽亚!"基里亚克嚷道。

"算了吧……罪过……她是个很不错的娘儿们。"

两个人在堆房旁边站了一分钟,就走了。

"我啊,爱——野地——里的花!"老头子忽然用又高又尖的中音唱起来,"我啊,爱——到草场上去摘它!"

然后他啐口痰,骂了句难听的话,走进小木房里去了。

四

老奶奶把萨莎安置在菜园附近,吩咐她看守着,别让鹅钻进来。那是炎热的八月天。小饭铺老板的鹅可能从后面钻进菜园里来,可是眼下它们正在干正经事,它们在小饭铺附近拾麦粒,平心静气地一块儿聊天,只有一只公鹅高高地昂起头,仿佛打算看一下老太婆是不是拿着棍子赶过来了。别的鹅也可能从坡下跑上来,可是眼下它们正在远远的河对面打食,在草场上排成白白的一条长带子。萨莎站了一会儿,觉着无聊,看见鹅没来,就跑到陡坡的边上去了。

在那儿她看见玛丽亚的大女儿莫特卡一动也不动地站在一块大石头上,瞧着教堂。玛丽亚生过十三个孩子,可是只有六个孩子还活着,全是姑娘,没有一个男孩,顶大的才八岁。莫特卡光着脚,穿一件长长的衬衫,站在太阳地里。太阳直直地晒着她的脑袋,可是她不在意,仿佛化成了石头。萨莎站在她旁边,瞧着教堂,说:

"上帝就住在教堂里。人点灯和蜡烛,可是上帝点绿的、红的、蓝的小圣像灯,跟小眼睛似的。夜里上帝就在教堂里走来走去,最神圣的圣母和上帝的侍者尼古拉陪着他走——咚,咚,咚!……守夜人吓坏了,吓坏了!算了,算了,亲人儿,"她说,学她母亲的话,"等到世界的末日来了,所有的教堂就都飞上天去了。"

"带——着——钟——楼——一——齐——飞?"莫特卡用低音问道,拖长每个字的字音。

"带着钟楼一齐飞。世界的末日来了,好心的人就上天堂,爱发脾气的人呢,可就要在永远燃着的、不灭的火里烧一烧了,亲人儿。上帝会对我妈和玛丽亚说:'你们从没欺负过人,那就往右走,上天堂去吧。'可是对基里亚克和老奶奶呀,他就要说:'你们往左走,到火里去。'在持斋的日子吃了荤腥东西的人也要送到火里去。"

她抬头看天,睁大眼睛,说:

"瞧着天空,别眨眼睛,那你就会看见天使。"

莫特卡也开始看天,在沉静中过了一分钟。

"看见没有?"萨莎问。

"没有。"莫特卡用低音说。

"可是我看见了。天空中有些小天使在飞,扇着小翅膀,一闪一闪的,跟小蚊子一样。"

莫特卡想了一想,眼睛瞧着地下问:

"老奶奶会遭到火烧吗?"

"会的,亲人儿。"

从这块石头直到紧底下,有一道光滑的慢坡,长满柔软的绿草,谁一看见,就想伸出手去摸一摸,或者在那上面躺一躺。萨莎躺下,滚到坡底下去了。莫特卡现出庄重而严肃的脸相喘着气,也躺下去,往下滚。她往下一滚,衬衫就卷到她肩膀上去了。

"多好玩呀!"萨莎说,高兴得很。

她们俩走到顶上预备再滚下去,可是正好这当儿那熟悉的尖嗓音响起来了。啊呀,多么可怕!那老奶奶,没了牙,瘦得皮包骨,驼着背,短短的白发在风里飘动,正拿着一根长棍子把鹅赶出菜园去,哇哇地叫着:

"它们糟践了所有的白菜,这些该死的东西!把你们宰了才好,你们这些该诅咒三次的恶鬼,祸害,为什么你们不死哟!"

她一眼看见那两个小女孩,就丢下棍子,拾起一根枯树枝,伸出又干又硬的手指头一把掐住萨莎的脖子,活像加了一个套包子,开始抽她。萨莎又痛又怕,哭起来,这当儿那只公鹅却伸直脖子,摇摇摆摆迈动两条腿,走到老太婆这边来,叽叽地叫了一阵,

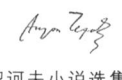

这才归到它的队里去,招得所有的雌鹅都用称赞的口气向它致敬:"嘎——嘎——嘎!"后来,老奶奶又打莫特卡。这一打,莫特卡的衬衫就又卷上去了。萨莎伤透了心,大声哭着,跑到小木房里去申诉。莫特卡跟着她跑,她也哭,可是嗓音粗得多,眼泪也不擦,脸湿得仿佛在水里泡过一样。

"我的圣徒啊!"奥莉加瞧见她俩走进小木房来,吓慌了,叫道,"圣母啊!"

萨莎刚开头讲她的事,老奶奶就尖声叫着,骂着,走进来了,然后菲奥克拉生气了,屋子里闹得乱哄哄的。

"没关系,没关系!"奥莉加脸色苍白,心里很乱,摩挲萨莎的脑袋,极力安慰这孩子,"她是你的奶奶,生她的气是罪过的。没什么,孩子。"

尼古拉本来已经给这种不断的吵嚷、饥饿、烟子、臭气闹得筋疲力尽,本来已经痛恨而且看不起贫穷,本来已经在妻子和女儿面前为自己的爹妈害臊,这时候

就把两条腿从炉台奔拉下来,用气恼的、含泪的声音对他母亲说:

"您不能打她!您根本没有权利打她!"

"得了吧,你就待在炉台上等着咽气吧,你这病包儿!"菲奥克拉恶狠狠地顶撞他,"鬼支使你们上这儿来的,你们这些吃闲饭的!"

萨莎和莫特卡和家里所有的小女孩都躲到炉台上尼古拉的背后去,缩在一个角落里,在那儿一声不响,害怕地听着大人讲话,人可以听见她们的小小的心在怦怦地跳。每逢一个家庭里有人害很久的病,没有养好的希望了,就往往会发生一种可怕的情形:所有那些跟他贴近的人都胆怯地、悄悄地在心底里盼望着他死,只有小孩子才害怕亲近的人会死,一想到这个总要战战兢兢。现在,那些小姑娘屏住气息,脸上现出凄凉的神情,瞧着尼古拉,暗想他不久就要死了,她们就想哭,一心想对他说点什么亲切的、怜恤的话才好。

他呢,紧挨着奥莉加,仿佛求她保护他似的,用颤

抖的声音轻轻对她说:

"奥里亚①,亲爱的,我在这儿住不下去了。我没有力量了。看在上帝的分上,看在天上的基督的分上,你写封信给你妹妹克拉夫季·阿勃拉莫芙娜吧。叫她把她所有的东西都卖掉,当掉,叫她把钱给我们寄来,我们好离开这儿。啊,上帝呀,"他痛苦地接着说,"哪怕让我看一眼莫斯科也好!哪怕让我梦见它也是好的,亲爱的!"

黄昏来了,小木房里黑了,大家心里都发闷,一句话也说不出来。生气的老奶奶拿黑面包的碎皮泡在一个碗里,吃了很久,足足有一个钟头。玛丽亚给奶牛挤完奶,提进一桶牛奶来,放在一张凳子上。然后老奶奶把桶里的牛奶灌进罐子里,也灌了很久,不慌不忙,明明很满意,因为眼下正是圣母升天节的斋期,谁也不能喝牛奶,这些牛奶就可以原封不动地留下来了。她只

---

① 奥莉加的爱称。

在一个茶碟里倒了一点点,留给菲奥克拉的小娃娃吃。等到老奶奶和玛丽亚把罐子送到地窖里去,莫特卡却忽然跳起来,从炉台上溜下去,走到凳子那儿,瞧见凳子上摆着那个装着面包皮的木头碗,就把茶碟里的牛奶倒一点在碗里。

老奶奶回到小木房里来,又吃她的面包皮。这当儿萨莎和莫特卡坐在炉台上瞧着她,心里暗暗高兴,因为她已经吃了荤腥,现在包管要下地狱了。她们得了安慰,就躺下去睡觉。萨莎一面迷迷糊糊地睡着,一面暗自描画最后审判的可怕情景:有一个大炉子烧着火,那炉子像陶窑,魔鬼长着牛样的犄角,周身漆黑,用一根长棍子把老奶奶赶进火里去,就跟刚才老奶奶自己赶鹅一样。

五

圣母升天节晚上十点多钟,正在坡下草场上游玩的男孩和女孩,忽然大惊小怪地叫起来,往村子那边跑。那些上边,坐在峭壁边上的人起初怎么也弄不明白这是怎么回事。

"着火了!着火了!"焦急的嚷叫声从底下传上来,"村里着火了!"

坐在坡上的人回头一看,就有一幅可怕的、不同寻常的景象映进他们的眼帘。村子尽头的几个小木房中,有一个小木房的草顶上升起一个火柱,有一俄丈高,火舌往上卷着,向四面八方撒出火星去,仿佛喷泉在喷水。猛然间,整个房顶燃成一片明亮的火焰,火烧的爆裂声传过来。

月光朦胧,整个村子已经笼罩在颤抖的红光里。黑影在地面上移动,空中弥漫着烧焦的气味。从坡底下跑上来的人一个劲儿地喘气,抖得一句话也说不出来,他们互相推挤,摔倒,他们不习惯明亮的光芒,变得什么也看不见,彼此都认不清了。这真吓人。特别吓人的是在火焰上空,烟雾里面,飞着一些鸽子。小饭铺里还不知道起火的事,大家继续在唱歌,拉手风琴,仿佛压根儿没出什么岔子似的。

"谢苗大叔家里着火了!"有人粗声粗气地大叫一声。

玛丽亚在她的小木房附近跑来跑去,哭哭啼啼,绞着手,牙齿打战,其实火还远得很,在村子的那一头呢。尼古拉穿着毡靴走出来,孩子们穿着小衬衣一个个往外跑。乡村警察小屋左近,一块铁板敲响了。当当当的声音飘过空中。这急促而不停的响声闹得人心里发紧,浑身发凉。那些老太婆站在一旁,举着圣像。母羊、小牛、奶牛,从院子里给赶到街上来了。衣箱啦,羊皮袄啦,桶啦,也搬出来了。一匹黑毛的雄马,素来跟成群的马隔开,因为它踢它们,伤它们,这时候却撒开了缰,嘶叫着,踏得咚咚响地在村子里跑来跑去,跑了一两个来回,后来忽然在一辆大车旁边猛地站住,扬起后蹄踢那车子。

河对面教堂里的钟也响起来。

在起火的小木房旁边又热又亮,地上的每一根小草都可以看清楚。在一口抢救出来的衣箱上坐着谢苗,这是一个生着棕红色头发的农民,长着大鼻子,穿一件上衣,戴一顶便帽,扣在脑袋上,一直碰到耳朵。他的妻子扑在地上,脸朝下,神志昏迷,嘴里哼哼唧唧。一个八十岁上下的老头儿,身材矮小,留一把大胡子,看上去活像一个地精①。他不是本村的人,可显然跟这场火灾有关系,他在火场旁边走来走去,没戴帽子,抱着一个白包袱。火焰映在他的秃顶上。村长安契普·谢杰尔尼科夫,黑黑的脸,黑黑的头发,跟茨冈一样,手里拿着一把斧子,走到小木房那儿,把一个个的窗子接连砍掉(谁也不知道为什么缘故),然后开始砍门廊。

"娘儿们,拿水来!"他嚷道,"把机器弄来!快办!"

---

① 西欧神话中守护地下财宝的丑陋的侏儒。

农　民　集

方才在小饭铺里闹酒的农民们把救火的机器拉来了。他们全醉了,不断地绊绊跌跌,脸上露出束手无策的神情,眼睛里泪汪汪的。

"姑娘们,拿水来!"村长嚷着,他也醉了,"快办,姑娘们!"

妇女和姑娘跑下坡到泉水那儿,再提着装满水的大桶和小桶爬上坡,把水倒进机器里,再跑下坡去。奥莉加、玛丽亚、萨莎、莫特卡,都去取水。女人们和男孩们用唧筒压水,水龙带咝咝地响,村长把水龙带时而指着门,时而指着窗子,有时候用手指头堵住水流,这样一来,吱吱声越发尖了。

"真是一条好汉,安契普!"好些人的称赞声音嚷着,"加一把劲!"

安契普蹿进起火的过道屋,在里面哇哇地喊:

"用唧筒压水!惨遭不幸,教徒们,出力啊!"

一群农民站在旁边,什么也不干,瞧着火发呆。谁也不知道该做什么,他们什么事也不会做。而四周围全是麦子垛、干草、板棚、成堆的枯树枝。基里亚克和他父亲老奥西普,两人都带着几分醉意,也站在那儿。仿佛要为自己的袖手旁观辩护似的,老奥西普对伏在地上的女人说:

"何必拿脑袋撞地,大嫂?这小木屋保过火险啊,那你还愁什么?"

谢苗把起火原因一会儿对这个人讲一遍,一会儿又对那个人讲一遍:

"就是那个老头子,那个抱着包袱的老头子,茹科夫将军的家奴……他从前在我们的将军家里做厨子,但愿将军的灵魂升入天堂!今天傍晚他上我家来:'留我在这儿过夜吧。'他说……是啊,当然,我们就喝了一小盅……老婆忙着烧茶炊,想请老头子喝点茶,可是活该倒霉,她把茶炊搁在门道上了,烟囱里的火星一直吹到顶棚上,吹到干草上,就这么出了事。我们自己都差点给烧死。老头子的帽子烧掉了,真罪过!"

那块铁板被人不断地敲着,河对岸教堂里的钟一个劲儿地鸣响。奥莉加周身给火光照着,气也透不出来,害怕地瞧着红色的羊和在烟雾里飞翔的粉红色鸽子。她时而跑下坡去,时而跑上来。她觉得钟声跟尖刺似的钻进她的灵魂,觉得这场火永远也烧不完,觉得萨莎丢了……等到小木屋的天花板咔嚓一声坍下来,她心想这一下子包管全村都要起火,就浑身发软,再也提不动水,在岸坡的边上坐下来,把桶子放在身旁。她的身旁和她的身后都有农妇们坐着嚎啕大哭,仿佛在哭死人一样。

这当儿,从河对岸地主的庄园里来了两辆大车,车上坐着地主家的管事们和工人们,带着一架救火机。有一个年纪很轻的大学生骑着马赶来,穿着白色海军上衣,敞着怀。他们用斧子劈砍,声音很响,又把梯子安在起火的房架子上,立刻有五个人由大学生带头爬上去。那大学生涨红了脸,用尖利的嘶哑声调和仿佛干惯了救火的事的口气嚷着。他们拆开那个小木屋,把一根根木头卸下来,把畜栏、篱笆、附近的干草堆都移开了。

"不准他们捣毁东西!"人群里有人用很凶的声音喊叫,"不准!"

基里亚克带着坚决的神气走到小木屋去,仿佛要拦阻新来的人毁掉东西似的,可是有一个工人把他一把拉回来,在他脖子上打了一拳。这引起了笑声,那工人又打他一拳,基里亚克就倒下去,四肢着地,爬回人群里去了。

从河对岸还来了两个戴帽子的漂亮姑娘,大概是大学生的姊妹。她们站在远点的地方,看这火灾。拆下来的木头不再燃烧,可是冒着浓烟。大学生操纵水龙带,先对着木头冲,然后对着农民冲,再后又对那些提水的女人冲。

"乔治!"两个姑娘责备地、不安地斥责他,"乔治!"

火烧完了。直到人群开始走散,他们才注意到天亮了,大家的脸色苍白,有点发青,一清早残星在天空消失的时候人的脸色总是这样的。农民们一面走散,一面笑着,拿茹科夫将军的厨子和他那顶烧掉的帽子说了一阵笑话。他们已经有意把这场火灾变成笑谈,甚至好像惋惜火熄得太快了。

"您救火很有本事,少爷!"奥莉加对大学生说,"您应当到我们莫斯科去,那儿差不多天天有火灾!"

"您莫非是从莫斯科来的?"一位小姐问。

"正是这样。我丈夫原先在斯拉夫商场当差。这是我女儿,"她说,指一指萨莎,萨莎觉着冷,正偎在她身边,"她也是莫斯科人。"

两位小姐跟大学生说了一句法国话,他就给萨莎一个二十戈比的钱。老奥西普看在眼里,他的脸上顿时放出了希望的光。

"感谢上帝,老爷,幸好没风,"他对大学生说,"要不然一下子就都烧光了。老爷,好心的贵人,"他又说,声音放低了,而且觉着不好意思,"清早天冷,想法暖一暖才好……求您恩典赏几个钱买一小瓶酒喝吧。"

他没得着钱,就大声嗽了嗽喉咙,磨磨蹭蹭走回家去了。后来奥莉加站在岸坡的边上,瞧那两辆车子涉水过河,看那位少爷穿过草场。河对岸有一辆马车等着他们。她走进小木屋,对丈夫赞赏地说:

"那几个人真好!长得也好看!两位小姐出落得跟天使一样。"

"叫她们咽了气才好!"困倦的菲奥克拉恶狠狠地说。

六

玛丽亚认定自己不幸,常说巴不得死了才好,菲奥克拉却刚好相反,觉得这生活里样样东西,例如穷困、肮脏、不停的咒骂,都合她的胃口。人家给她什么,她不分好歹拿着就吃。不管到了哪儿,也不用被褥,她倒头就睡。她把脏水随手倒在门廊上,或者从门槛上泼出去,然后再光着脚蹚着泥水塘走过去。从头一天起她就恨尼古拉和奥莉加,这也正是因为他们不喜欢这生活。

"我倒要看看你们在这儿吃什么,莫斯科的贵人!"她幸灾乐祸地说,"我倒要看看!"

有一天早晨,那已经是九月初了,菲奥克拉从坡下担着两桶水回来,脸冻得发红,健康而美丽,这当儿玛丽亚和奥莉加正坐在桌子旁边喝茶。

"又是茶又是糖!"菲奥克拉讥诮地说,"两位贵夫人!"她放下水桶,补了一句,"她们倒养成了天天喝茶的派头。小心点,别让茶胀死!"她接着说,憎恨地瞧着奥莉加,"她在莫斯科养得肥头胖脸,这油篓子!"

她抡起扁担来,一下子打在奥莉加的肩头上,弄得两个妯娌只能把两手举起,轻轻一拍,说:

"啊呀,圣徒!……"

然后菲奥克拉下坡到河边去洗衣服,一路上高声痛骂,弄得木房里都听得见。

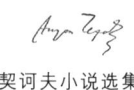

白昼过去了,然后来了秋天悠长的黄昏。他们在小木屋里缠丝线,人人都做,只有菲奥克拉例外,她过河去了。他们从附近的工厂里拿来这丝,全家人一齐工作,挣一点点钱,一个星期才挣二十戈比左右。

"当初,在东家手底下,日子倒好过得多,"老头子一面缠丝,一面说,"干完活就吃,吃了就睡,一样挨着一样。午饭有白菜汤和麦粥,晚饭也是白菜汤和麦粥。黄瓜和白菜多的是:随你吃,吃得你心满意足。那时候也严得多。人人都守本分。"

小木房里只点一盏小灯,灯光昏暗,灯芯冒烟。要是有人遮住灯光,一个大黑影就会落在窗上,人就能看见明亮的月光。老奥西普不慌不忙地讲起来,说到在农奴解放以前人们怎样生活,说起在这一带,现在固然穷了,生活乏味了,可是当初人们怎样带着猎犬、快腿狗、受过特别训练的猎狗去打猎,在围捕野兽的时候,农民都喝到白酒。成串的大车队怎样载着被打死的飞禽,送到莫斯科年轻的东家那边去。他又说到坏农奴怎样给人用桦树条打一顿,或者发配到特威尔的领地上去,好农奴怎样受到嘉奖。老奶奶也有话讲。她什么都记得,一样也没忘。她讲到她的女东家是一个好心的、信神的女人,她丈夫却是酒徒和浪子,他们所有的女儿都嫁给一些天晓得的人物:一个嫁给酒徒,一个嫁给小市民,一个私奔了(老奶奶当时是个年轻的姑娘,帮过她的忙),她们三个不久都郁郁地死了,她们的母亲也一样。想起这些事,老奶奶甚至洒下几滴眼泪。

忽然有人来敲门,大家都吃一惊。

"奥西普大叔,留我住一夜吧!"

随后走进来一个矮小的、秃顶的老头子,他就是茹科夫将军的厨子,也就是帽子被烧掉的那个人。他坐下,听着,然后他也开始回忆,讲各式各样的往事。尼古拉坐在炉台上,垂着两条腿,听着,详细问他旧日为老爷烧些什么菜。他们谈到肉饼、肉排、各种汤、各种佐料,那厨子样样事情也都记得清楚,举出一些现在已经不烧的菜,比方说有一种用牛眼睛做的菜,名叫"早晨醒"。

"那时候你们烧'上将肉排'吗?"尼古拉问。

"不烧。"

尼古拉不以为然地摇摇头,说:

"唉!你们这些半吊子的厨子!"

小女孩们在炉台上坐着或者躺着,眼也不眨地瞧着炉台下面。那儿好像有很多的孩子,仿佛是云端里的小天使。她们爱听故事。她们时而高兴时而害怕,不住叹气,打冷战,脸色发白。老奶奶讲的故事比所有的故事都有趣味,她们就屏住呼吸听着,动也不敢动。

大家默默地躺下去睡觉。老年人给那些故事搅得心不定,兴奋起来,心想年纪轻轻的,那是多好啊,青春,不管是什么样儿,在人的记忆里留下的总是活泼、愉快、动人的印象。至于死,那是冷酷得多么可怕,而死又不很远了,还是别想它的好!小灯熄了。黑暗啦,给月光照得明晃晃的两个小窗子啦,寂静啦,摇篮的吱

农　民　集

吱嘎嘎声音啦,不知什么缘故,只使得他们想到生活已经过去,再也没法子把它拉回来了。……刚刚迷迷糊糊,刚刚沉入遗忘的境界,忽然不知什么人碰了碰肩膀,朝自己的脸上吹一口气,睡意就没有了,身体觉着发麻,种种有关死亡的想头钻进脑子里来。翻一个身再睡,死亡倒是忘掉了,可是关于贫穷、饲料、面粉涨价等种种早就有的枯燥而沉闷的思想又在脑子里出现了,过一会儿,又不由得想起生活已经过去,再也没法子把它拉回来了……

"唉,主啊!"厨子叹气。

不知什么人轻轻地,轻轻地敲着小窗子。一定是菲奥克拉回来了。奥莉加起来,打个呵欠,小声念一句祷告,开了房门,然后走到外面门道里拉开门栓。可是没有人走进来,只有一阵冷风从街上吹进来,门道忽然给月光照亮了。从敞开的门口可以瞧见寂静而荒凉的街道和在天空浮游的月亮。

"是谁啊?"奥莉加喊一声。

"我,"传来了回答,"是我。"

靠近门口,贴着墙边,站着菲奥克拉,全身一丝不挂。她冻得打哆嗦,牙齿打战,在明亮的月光里显得很白、很美、很怪。她身上的阴影和照在皮肤上的月光,使人看来黑白分明。她的黑眉毛和结实而年轻的乳房特别清楚地显露出来。

"河对岸那些胡闹的家伙把我的衣服剥光,照这样把我赶出来了……"她说,"我只好没穿衣服,走回家来……就这么光着身子。给我拿件衣服穿上吧。"

"你倒是进屋里来啊!"奥莉加小声说,也开始发抖了。

"不要让老家伙们看见才好。"

事实上,老奶奶已经在动弹,咕噜了,老头子问:"是谁啊?"奥莉加把她自己的衬衫和裙子送出去,帮菲奥克拉穿上,然后她俩极力不出声地掩上门,轻手轻脚地走进屋里来。

"是你吗,野东西?"老奶奶猜出是谁了,生气地咕噜着,"该死的,夜游鬼……怎么不死哟!"

"没关系,没关系,"奥莉加小声说,给菲奥克拉穿好衣服,"没关系,亲人儿。"

一切又都沉静了,这屋子里的人素来睡不稳,各人都给一种捣乱的、纠缠不已的东西闹得睡不熟:老头子背痛,老奶奶心里满是焦虑和恶意,玛丽亚担惊害怕,孩子身上疥疮发痒,肚里饥饿。现在他们的睡眠也还是不安。他们不断地翻身,说梦话,起来喝水。

菲奥克拉忽然哇的一声哭了,粗声粗气,可是立刻又忍住,只是时不时地抽抽搭搭,她的哭声越来越轻,越来越含混,到后来就完全静下来了。河对面偶尔传来报时的钟声,可是那钟敲得挺古怪,先是五下,后是三下。

"唉,主啊!"厨子叹道。

瞧着窗口,谁也弄不清究竟是月亮仍旧在照耀呢,还是天已经亮了。玛丽亚起床,走出去。可以听见她在院子里挤牛奶,说:"站稳!"老奶奶也出去了。小木屋里还黑着,可是一切物件都已经可以看清楚了。

尼古拉通宵没睡着,从炉台上下来。他从一个绿箱子里拿出自己的燕尾服,穿上,走到窗口,摩平衣袖,揪一揪燕尾服的后襟,微微一笑。然后他小心地脱下这身衣服,放回箱子里,再躺下去。

玛丽亚走进来,开始生炉子。她明明没有睡足,现在一边走才一边醒过来。她一定做了什么梦,或者也许昨晚的故事来到了她的脑海里吧,因为她在炉子前面舒服地伸了个懒腰,说:

"是啊,自由好得多!"

七

老爷来了,村里的人这样称呼县警察所长。他什么时候来,为什么来,大家早在一个星期以前就知道了。茹科沃村只有四十家人,可是他们欠下官府和地方自治局的税款已经积累到两千多卢布了。

农 民 集

县警察所长在小饭铺里停下。在那儿,他"喝了两杯茶",然后步行到村长家里去。村长家门的附近已经有一群欠缴税款的人等着了。村长安契普·谢杰尔尼科夫尽管年轻,只不过三十岁出点头,却很凶,总是帮着上级说话,其实他自己挺穷,也总不能按期纳税。大概他很喜欢做村长,喜欢权力的感觉,他没有别的法子,只好借严厉来表现他的权力。在全村开会时候,人人怕他,听他的话。往往,在街上,或者在小饭铺附近,他忽然抓住一个醉汉,倒绑上他的手,把他关进禁闭室里去。有一回他甚至逮捕老奶奶,把她拘留在禁闭室里,关了一天一夜,因为她替奥西普出席村会,在会上骂街。他从没在城里住过,也从没看过书,可是他不知从哪儿学来各式各样文绉绉的字眼,喜欢插在谈话里用一用,人家虽然不能常常听懂他的意思,倒也因此敬重他。

奥西普带着他的缴税底册走进村长的小木屋,那县警察所长,一个瘦瘦的老头子,生着又长又白的络腮胡子,穿一件灰色衣服,正坐在过道屋墙角一个桌子那儿,写什么东西。小木屋里干干净净,四壁贴着从杂志上剪下来的画片,花花绿绿,在靠近圣像顶显眼的地方贴一张以前保加利亚巴丹堡公爵的照片。桌子旁边站着安契普·谢杰尔尼科夫,两条胳膊交叉在胸口上。

"他欠一百十九个卢布,大人,"轮到奥西普的时候,他说,"在复活节以前他付过一卢布,打那时候以后没给过一个钱。"

县警察所长抬头看奥西普,问:

"这是为什么,老兄?"

"发发慈悲吧,大人,"奥西普开口了,激动起来,"容我回禀,去年从留托列茨基来的一位老爷对我说,'奥西普,'他说,'把你的干草卖给我……你卖了吧。'他说。那有什么不行?我有大约一百普特要卖呢,都是娘儿们在水草场上割来的……好,我们就成交了……这事儿干得挺好,我自己个儿要卖的……"

他抱怨村长,一个劲儿扭回头去瞧那些农民,倒好像要请他们来作见证似的,他脸红,冒汗,他的眼睛变得尖利而凶狠。

"我不懂你说这些干什么,"县警察所长说,"我问你……我问你为什么不缴欠款?你们都不缴,难道这要我来负责吗?"

"我缴不出来嘛!"

"这些话是岂有此理,大人,"村长说,"固然,契基尔杰耶夫家道贫寒,不过请您问问别人好了,此中症结都在白酒上,他们是一班胡作非为之徒。糊涂之至。"

县警察所长写下几个字,然后镇静地对奥西普说话,口气平和,仿佛跟他要一杯水喝似的:

"出去。"

不久他就坐上车走了。他坐上一辆简便的四轮马车,咳嗽着,甚至只凭他那又长又瘦的背影也看得出他已经记不得奥西普、村长、茹科沃的欠款,只在想他自己的心事了。他还没走出一俄里路,安契普·谢杰尔尼科夫已经从契基尔杰耶夫的小木屋里拿着茶炊走出

来。老奶奶跟在后面,用尽气力尖声叫道:

"不准你拿走!不准你拿走,该死的!"

他迈开大步,走得很快,她呢,在后面紧紧地追他,驼着背,气冲冲,喘吁吁,差点跌倒。她的头巾滑到肩膀上,她的白头发看上去好像带点绿颜色,在风里飘着。她忽然站住,像一个真正的叛党似的,握着拳头使劲捶胸,用拖长的声音比平时更响地嚷着,好像在痛哭似的:

"正教徒啊,信仰上帝的人啊!圣徒啊,他们欺侮我!亲人啊,他们挤对我!哎呀,哎呀,好人啊,替我伸冤报仇!"

"老奶奶,老奶奶!"村长厉声说,"不得无理取闹!"

契基尔杰耶夫家的小木屋里缺了茶炊显得沉闷极了。茶炊丢了不要紧,可是这却有点叫人难堪,含着点侮辱意味,仿佛这家的名誉也完了似的。要是村长拿走桌子、所有的凳子、所有的盆盆罐罐,那倒好些,这地方不会显得这么空荡荡。老奶奶哇哇地叫,玛丽亚呜呜地哭,小姑娘们看见她们流眼泪,也哭了。老头子自觉有罪,坐在墙角,无精打采,闷声不响。尼古拉也一声不响。老奶奶爱他,为他难过,可是现在却忘了怜悯,忽然哇啦哇啦地骂他,责备他,对准他的脸摇拳头。她尖声叫道,这全得怪他不好,是啊,他在信上夸口,说什么在"斯拉夫商场"他一个月挣五十卢布,那为什么他汇给他们那么一点点钱?为什么他上这儿来,而且把家眷也带来?要是他死了,上哪儿去找钱来葬他?……尼古拉、奥莉加、萨莎的样儿,看起来真叫人心酸。

老头子嗽了嗽喉咙,拿起帽子,找村长去了。天擦黑了。安契普·谢杰尔尼科夫正在炉子旁边焊什么东西,鼓起腮帮子,屋里满是炭气。他的孩子们挺瘦,没有洗脸洗手,不见得比契基尔杰耶夫家的小孩强多少,正在地板上爬着玩。他妻子是一个难看而长着雀斑的女人,大着肚子,正在缠丝。他们是一个极穷的、不幸

的家庭。只有安契普一个人看上去还算结实、漂亮。有一张长凳上摆着五个茶炊,排成一行。老头子对巴丹堡①念了祷告,然后说:

"安契普,发发慈悲,把茶炊还给我吧!看在基督的面上!"

"拿三个卢布来,那你就可以取走。"

"我拿不出来嘛。"

安契普鼓起腮帮子,火呜呜地响,吱吱地叫,亮光映在茶炊上。老头子揉搓着帽子,想了一想,说:

"把它还给我吧!"

黑皮肤的村长好像变得完全漆黑,活像一个魔法师。他扭过头来对着奥西普发话,吐字很快,声音很凶:

"这全得由地方行政长官决定。到本月二十六日,你可以到行政会议去口头或者书面申诉你不满的

---

① 前面叙过,他是保加利亚公爵,他的相片贴在圣像旁边,老头子原该对圣像念祷告,不料忙忙乱乱地弄错了。

理由。"

奥西普一个字也没听懂,可是也算满意,就回家去了。

过了十天光景,县警察所长又来了,待了一个钟头就坐上车走了。那些天,天气寒冷而且有风,河老早就结冰了,可是雪仍旧没下。道路难走,人们很痛苦。在一个节日的前夜,有几个邻居到奥西普家里来坐着闲谈。他们摸着黑说话,因为做工是有罪的,他们就没点灯。消息倒有几个,不过听着都十分不痛快。例如为了抵欠款,有两三家的公鸡被捉去送到乡公所,不料在那儿死掉了,因为没有人喂它们。羊也给捉去,而且捆在一块儿运走,每过一个村子就换一回大车,其中有一只死掉了。那么现在就有一个问题要解答:这都该怪谁呢?

"该怪地方自治局!"奥西普说,"不怪它,还怪谁?"

"当然,该怪地方自治局。"

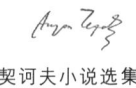
契诃夫小说选集

虽然谁也不知道地方自治局是什么东西,可是样样事情,什么欠款啦,欺压啦,歉收啦,都怪在地方自治局身上。这种情形从很早以前就开始了,那时候有些富农自己开工厂、商店、客栈,做了地方自治局的议员,却始终不满意地方自治局,便在自己的工厂和酒馆里痛骂它。

他们谈到上帝还不把雪送下来,谈到该去砍柴了,可是坑坑洼洼的道路上没法走车子,也不能步行。原先,十五年到二十年以前,在茹科沃,大家谈的话要有趣味得多。在那年月,看起来每个老人心里好像都藏着一份秘密,仿佛他知道什么,正在盼着什么似的。他们谈加金色火漆印的圣旨,谈土地的划分,谈新土地,谈埋藏的财宝,总之,他们的话里暗示着什么。现在呢,茹科沃的人根本没有什么秘密,他们的全部生活就像都摊在手心上一样,大家看得明明白白。他们没别的可谈,只能谈贫穷和饲料,谈天还不下雪……

大家沉静了一阵。然后他们又想起公鸡和羊,又开始争论该怪谁不对。

"该怪地方自治局!"奥西普垂头丧气地说,"不怪它,还怪谁呢?"

八

教区的教堂在六俄里以外的柯索果罗沃村里,农民们只有不得已的时候,例如给孩子施洗礼,举行婚礼,或者举行教堂葬仪,才去一趟。他们做礼拜,通常是到河对面的教堂去。到了节日,遇上好天气,姑娘们就打扮漂亮,成群结伙地去做弥撒。她们穿着红的、黄的、绿的衣服,走过草场,看上去很快活。不过遇着坏天气,她们就都待在家里了。为了忏悔和领圣餐,她们总是到教区的教堂去。在复活节后的一周内,神甫举着十字架走遍各个小木屋,向每一个在大斋期间没有能够领圣餐的人要十五戈比。

老头子不信上帝,因为他差不多从没想到过上帝。

他承认神奇的事,可是他觉得这只可能跟女人有关系。人家在他面前谈起宗教或者奇迹,向他提出关于这类事情的问题,他总是搔搔头皮,勉强地说:

"谁知道呢!"

老奶奶信上帝,可是她的信仰有点朦朦胧胧,在她的脑海里一切事情都掺混在一起,她刚想起罪恶、死亡、灵魂的得救,贫穷和烦恼立刻就插进来,盘踞她的脑海,她马上忘了刚才在想什么。祷告词一点也记不得,通常在傍晚躺下去睡觉以前,她总站在圣像面前,小声说:

"喀山的圣母,斯摩棱斯克的圣母,三臂的圣母⋯⋯"

玛丽亚和菲奥克拉经常在胸前画十字,每年持斋,可是完全是应景儿。孩子都没学过祷告,也没人向他们讲起过上帝,传授过训诫,只是不准他们在斋期吃荤腥罢了。别的家庭也差不多,相信的人少,理解的人也少。同时大家又都喜欢《圣经》,温柔而敬仰地喜爱它。可是他们都没有书,也没有人念《圣经》,讲《圣经》。奥莉加有时候对他们念《福音书》,他们就尊敬她,对她和萨莎都恭恭敬敬地称呼"您"。

遇到当地教堂的命名节和祷告仪式,奥莉加常常到邻村去,到县城去,县城里有两个修道院和二十七个教堂。她痴痴迷迷,在朝圣的路上完全忘了家人,一直到回来的路上才会忽然发现自己有丈夫,有女儿,就高兴起来,笑眯眯、喜洋洋地说:

"上帝赐福给我了!"

村子里发生的事,她觉得厌恶,使她痛苦。到圣伊利亚节①,他们喝酒。到圣母升天节,他们喝酒。到圣十字架节,他们喝酒。圣母节②是茹科沃教区的节日,逢到这个节期,农民们一连喝三天酒。他们喝光了村社公积金五十卢布,然后还要挨家敛钱拿来喝酒。头一天,契基尔杰耶夫家宰了一头公羊。早晨,中午,傍

---

① 基督教的节日,在7月20日。
② 基督教的节日,在10月1日。

晚,连吃三顿羊肉。他们吃得很多,到夜里孩子们还要起来再找补一点。那三天,基里亚克喝得酩酊大醉,他把所有的东西,连帽子和靴子也在内,统统换酒喝了,而且死命地打玛丽亚,打得她昏过去,一定要往她头上浇水,她才能醒过来。事后,大家都觉得害臊,恶心。

然而,甚至在茹科沃,在这"奴才村",每年也总有一回隆重的真正的宗教盛典。那是在八月,他们抬着赐予生命的圣母从这村走到那村,走遍全县。到了茹科沃所盼望的这一天,正好没风,天色阴沉。姑娘们一清早就穿上鲜艳华丽的衣服,出去迎接圣像,将近傍晚才把它抬进村子来,排成严肃的行列,举着十字架,唱着歌,同时河对面教堂的钟全部响起来。一大群本村和外村的人堵住街道,吵吵嚷嚷,尘土飞扬,挤成一团……老头子也好,老奶奶也好,基里亚克也好,大家都对圣像伸出手去,热切地瞧着它,哭哭啼啼地叫道:

"保护神啊,母亲!保护神啊!"

大家好像忽然明白人间和天堂并不是两隔开的,

明白有钱有势的人还没有把一切都夺去,明白他们在遭受欺侮,遭受奴役,遭受沉重而难堪的贫穷,遭受可怕的白酒的祸害的时候,还有神在保佑他们。

"保护神啊,母亲!"玛丽亚哭道,"母亲!"

可是祈祷做完,圣像抬走了,一切就又恢复老样子,小饭铺里又传出粗鲁而酒醉的声音。

只有富裕的农民才怕死,他们越阔,就越不相信上帝和灵魂的得救,只因为害怕在人世的寿命会完结,才点蜡烛,做礼拜,以防万一。贫穷的农民并不怕死。人家当着老头子和老奶奶的面说他们活得太久,到死的时候了,可是他们满不在乎。他们一点也没顾忌地当着尼古拉的面对菲奥克拉说,等尼古拉死了,她丈夫杰尼斯就可以得到优待从军队里退伍,回家来了。玛丽亚呢,不但不怕死,反而惋惜死亡这么久还不来。她的小孩一死,她倒高兴。

他们不怕死,可是对于各种疾病,他们却过分地害怕。只要生一点点小毛病,肠胃不消化啦,着了点凉啦,老奶奶就在炉台上躺下,盖得严严的,不断地大声哀叫:"我要死——了!"老头子赶紧去请神甫,老奶奶就领圣餐,受临终涂油礼。他们常常谈到受凉,谈到蛔虫,谈到瘤子,说是瘤子在胃里移动,滚到心脏那儿去了。他们顶怕的是着凉,因此就是夏天也穿厚衣服,躺在炉台上取暖。老奶奶喜欢看病,常坐上车子到医院去,到了那儿她老是说她自己才五十八岁,而不说七十岁。她认为医生如果知道她的真岁数,就不肯给她看病,反而会说她该死了。她通常一清早就动身到医院去,随身带去两三个小姑娘,傍晚才回来,肚子挺饿,怒气冲冲,给自己带回来药水,给小姑娘带回来药膏。有一回她把尼古拉也带去,这以后他喝了两个星期的药水,说是觉得好一点了。

老奶奶认识周围三十俄里以内所有的医生、医士、巫医,其中她一个也不中意。在圣母节那天,神甫举着十字架走遍各个小木屋,教堂执事对她说:城里监狱附近住着一个小老头儿,做过军医士,医道很好,劝她去找他。老奶奶听了他的劝。等到头一场雪落下地,她就坐车进城,带回一个小老头子,留着胡子,穿一件长上衣,是一个皈依正教的犹太人,脸上满是蓝色的细血管。那当儿正好有些短工在小木屋里工作。一个老裁缝戴着极大的眼镜,正拿一件破烂的衣服裁成背心,还有两个年轻小伙子在用羊毛擀成毡靴。基里亚克因为酗酒而给革掉了差使,这时候住在家里,跟裁缝并排坐着,修理一个套包子。小木屋里又挤又闷,臭烘烘的。皈依正教的犹太人诊察了尼古拉,说是须得给病人放血。

他放上拔血罐去,老裁缝、基里亚克、小姑娘们站在一旁瞧着,他们觉着他们仿佛瞧见疾病从尼古拉身子里流出来了。尼古拉也瞧着吸血的罐子附在他胸膛上,渐渐充满浓浓的血,觉得好像真有什么东西从他身子里出去似的,就满意地微笑了。

"这挺好,"裁缝说,"求上帝保佑,这对你有好处。"

那皈依正教的人放了十二罐血,然后又放十二罐,喝了茶,坐车走了。尼古拉开始打抖,他的脸瘦下去,照女人们的说法,缩成一个小拳头了。他的手指头发青。他盖上一条被子和一件羊皮袄,可是觉着越来越冷。将近傍晚,他觉着很不好过,要求把自己放在地板上,请裁缝不要抽烟,然后他在羊皮袄下面安安静静地躺着。将近早晨,他死了。

九

啊,这个冬天多么寒冷,多么长啊!

到圣诞节,他们自己的粮食已经吃完,只好买面粉吃了。基里亚克现在住在家里,每到傍晚就吵闹,弄得人人害怕,到了早晨又因为头痛和羞愧而难过,他那样子看上去很是可怜。饥饿的母牛的叫声昼夜不停地从畜栏那边传来,叫得老奶奶和玛丽亚的心都碎了。仿佛故意捣乱似的,天气始终非常冷,雪堆得很高,冬天

农 民 集

拖延下去。到报喜节①,刮了一场真正的冬天的暴风雪。在复活节后的一周内又下了一场雪。

不过,不管怎样,冬天毕竟过完了。到四月初,白昼变得温暖,夜晚仍旧寒冷。冬天还不肯退让,可是终于来了温暖的一天,打退了冬季,于是小河流水,百鸟齐鸣。河边的整个草场和灌木给春潮淹没,茹科沃和对岸的高坡中间那一大块地方被一片汪洋大水占据,野鸭子在水面上这儿一群那儿一群地飞起飞落。每天傍晚,火红的春霞和华美的云朵造成新的、不平凡的、离奇的景致,日后人们在画儿上看见那种彩色和那种云朵的时候简直不会相信是真的。

仙鹤飞得很快很快,发出哀伤的叫声,声音里好像有一种召唤的调子。奥莉加站在斜坡的边上,长久地望着水淹的草场,瞧着阳光,眺望那明亮的、仿佛变得年轻的教堂,流下了眼泪,喘不过气来,因为她恨不得

---

① 基督教的节日,在俄旧历3月25日。

快快走掉,随便到哪儿去,即使到天涯海角去也行。大家已经决定让她重回莫斯科去当女仆,叫基里亚克也跟她一路去,谋个差使,做个管院子的或者雇工什么的。啊,快点走才好!

土地一干,天气一暖,他们就打点着动身了。奥莉加和萨莎背上背着包袱,脚上穿着树皮鞋,天刚亮就走了。玛丽亚也出来,送她们一程。基里亚克身体不舒服,只好再在家里待一个星期。奥莉加最后一次对着教堂在胸前画个十字,念了一阵祷告。她想起自己的丈夫,可是没哭,只是脸皱起来,变丑了,像老太婆一样。这一冬,她变得瘦多了,丑多了,头发也有点花白,脸上失去从前那种动人的风韵和愉快的微笑,现在只有她经历到的愁苦所留下的一种悲哀的、听天由命的神情了。她的目光有点迟钝呆板,仿佛耳朵聋了似的。她舍不得离开这个村子和这儿的农民。她想起他们怎样抬走尼古拉,在每一个小木屋旁边怎样为他做安魂祭,大家怎样同情她的悲痛,陪着她哭。在夏天和冬天

农 民 集

有过一些日子,这些人生活得仿佛比牲口还糟,跟他们在一块儿生活真可怕,他们粗野、不老实、肮脏、醺醉。他们生活得不和睦,老是吵嘴,因为他们不是互相尊重,而是互相害怕和怀疑。谁开小酒馆,灌醉人民?农民。谁把村社、学校、教堂的公款盗用了,喝光了?农民。谁偷邻居的东西,放火烧房子,为一瓶白酒到法庭上去做假见证?谁在地方自治局和别的会议上第一个出头跟农民们作对?农民。不错,跟他们一块儿生活是可怕的。不过话说回来,他们也是人,他们跟普通人一样受苦,流泪,而且在他们的生活里没有一件事无法使人谅解。劳动是繁重的,使人一到夜晚就周身酸痛,再者冬季严寒,收获稀少,住处狭窄,任何帮助也得不到,也没有一个地方可以去寻求帮助。比他们有钱有势的人是不可能帮助人的,因为他们自己就粗野、不老实、醺醉,骂起人来照样难听。任何起码的小官儿或者地主的管事都把农民当做叫花子,即使对村长和教会的长老讲话也只称呼"你",自以为有权利这样做。再者,那些爱财的、贪心的、放荡的、懒惰的人到村子里来只是为了欺压农民、掠夺农民、吓唬农民罢了,哪儿谈得上什么帮助或者做出好榜样呢?奥莉加想起冬天基里亚克被押去挨打的时候那两位老人的悲悲惨惨、忍气吞声的表情……现在,她可怜所有这些人,为他们难过。她一边走,一边老是回过头去瞧那些小木屋。

送出三俄里以后,玛丽亚告别,然后她跪下来,把脸凑到地面,哭诉起来:

"又剩下我孤单单一个人了,我这可怜的人啊,多么可怜,多么不幸啊……"

她照这样哭诉很久。奥莉加和萨莎很久很久还看见她跪在地上,双手抱着脑袋,一个劲儿地向一边不知对谁叩头,一些白嘴鸦在她头顶上飞来飞去。

太阳升高了,天热起来。茹科沃村远远地落在后面了。走路是畅快的,奥莉加和萨莎不久就忘了村子,也忘了玛丽亚她们多么高兴,样样东西都吸引她们。时而出现一个古老的坟丘,时而出现一长排电线杆子,

农 民 集

一根挨着一根,伸展到不知什么地方去,到了地平线就不见了。电线神秘地嗡嗡响,时而她们远远看到一个小农庄,完全给一片苍翠遮住,飘来一股潮气和大麻的香气,不知什么缘故她们觉得好像那儿住着一些幸福的人似的,时而出现一匹皮包骨的瘦马,在田野上成为孤零零的一个白点。百灵鸟不停地歌唱,鹌鹑互相呼应。秧鸡不断尖声叫着,仿佛谁猛地丢出一个旧铁环去似的。

中午,奥莉加和萨莎走进一个大村子。那儿,在宽阔的街道上,她们遇见一个小老头,就是茹科夫将军家的厨子。他挺热,他那冒汗的、红红的秃顶在阳光里发亮。起初,他和奥莉加彼此都没认出来,后来他们正好同时看见对方,认出来了,却各走各的路,一句话也没说。有一个小木屋比别家显得新一点,阔气一点,奥莉加就在它那敞开的窗前站住,鞠一躬,提高喉咙,用尖细的、唱歌样的声调说:

"东正教的教徒啊,看在基督的分上多多周济周济吧,好让上帝保佑您,让您的爹娘在天国得到永久的安息。"

"东正教的教徒啊,"萨莎唱起来,"看在基督的分上,多多周济周济吧,好让上帝保佑您,让您的爹娘在天国……"

在 峡 谷 里

一

乌克列耶沃村坐落在一个峡谷里,因此从公路上和火车站上只能看见教堂的钟楼和棉布印花厂的烟囱。过路的人一问起这是什么村子,就会听见人家说:

"这就是那个教堂执事在丧宴上吃光鱼子酱的村子。"

有一回在厂主科斯丘科夫家里的丧宴上,一个年老的教堂执事在各种凉菜中间一眼看见成粒的鱼子酱,就狼吞虎咽地吃起来,人家用胳膊肘碰他,拉他的衣袖,可是他好像因为吃开了胃而变得麻木了,一点感觉也没有,只顾吃。他把鱼子酱都吃光,那一罐子有四磅光景呢。从那以后好多年过去了,那教堂执事早已死了,可是鱼子酱的事大家却还记得。不知是因为这儿的生活十分贫乏呢,还是因为人们除了这件十年前发生的小事以外不知道注意别的事,总之,人们一提起乌克列耶沃村就没有别的事可讲了。

这个村子里没有断绝过热病,就连在夏天也是满地泥泞,特别是靠近围墙的地方。老柳树在围墙上弯下腰来,造成一片宽阔的树荫。此地永远有一股工厂垃圾的气味和用来给花布加工的醋酸的气味。那些工厂,三个棉布印花厂和一个制革厂,并不在村子里面,而是在村边,离这儿相当远。那都是些不大的工厂,合起来一共雇了不过四百个工人。制革厂常常使得小河的水发臭。垃圾污染草地,农民的牲口害炭疽病,于是制革厂奉命关闭了。这厂子表面看来算是关闭了,其

农 民 集

实在秘密地开工,这是得到县警察局长和本县医师默许的,因为厂主按月送给他们每人十卢布。全村只有两幢像样的房子是用石头砌成,用铁皮铺成房顶的,其中有一幢是乡公所,另外一幢是两层楼的房子,正巧坐落在教堂对面,住着一个从叶皮方搬来的小市民格里戈里·彼得罗维奇·齐布金。

格里戈里开一家食品杂货店,不过这只是摆样子的,实际上却贩卖白酒、牲口、兽皮、原粮、猪,碰上什么他就卖什么,比方说,国外需要喜鹊毛做女帽,他就买卖喜鹊,每一对赚三十戈比。他买下树林采伐权,他放钱生利,总之,他是一个善于谋利的老头子。

他有两个儿子。大儿子阿尼西姆在警察局侦缉队里做事,很少在家。小儿子斯捷潘做生意,帮助父亲,可是要希望他帮很大的忙是不行的,因为他身体弱,耳朵聋。他妻子阿克西尼娅是个相貌俊俏、身体匀称的女人,遇到节日总要戴上帽子,撑起阳伞。她起床早,上床迟,成天价提起裙子,跑来跑去,弄得钥匙叮当响,忽而到谷仓去,忽而到地窖去,忽而到小铺去,老齐布金高兴地瞧着她,眼睛发亮。遇到这类时候,他总是觉着歉然:她没嫁给他的大儿子,却嫁给耳朵聋的小儿子了,小儿子分明不会欣赏女人的美丽。

老头子素来喜欢家庭生活,他爱他的家庭胜过世上的一切,特别喜爱做暗探的大儿子和儿媳妇。阿克西尼娅刚刚跟那聋儿子结了婚,就显出她精明强干,对谁可以赊账,对谁不可以赊账,她心里清清楚楚。她保管钥匙,甚至信不过她丈夫。她拿过算盘来,打出一片噼啪声。她像农民那样察看马的牙齿,她老是发笑或者喊叫。不管她干什么,说什么,老头子总挺感动,喃喃地说:

"真有你的,儿媳妇!好一个美人儿,小娘子……"

他本来是鳏夫,可是儿子婚后过了一年,他自己忍不住,也结婚了。人家给他找了一个姑娘,住在离乌克列耶沃村三十俄里远的一个村子里,名叫瓦尔瓦拉·

农 民 集

尼古拉耶芙娜,出身于一个上流人家,年纪不算轻了,可是长得美丽,大方。她一搬到楼上的小房间里住下,这所房子里一切东西就都放光了,仿佛所有的窗子都安了新玻璃似的。圣像前面的油灯亮起来,桌子上铺了雪白的桌布,窗台上和花圃里出现了花,结着红苞。吃饭时候也不是公用一个木钵,而是各人面前有各人的碟子了。瓦尔瓦拉·尼古拉耶芙娜愉快而亲切地微笑着,仿佛房子里样样东西都在微笑似的。乞丐、男香客、女香客,开始走进院子里来,这种事在过去是从来没有的。窗根底下传来乌克列耶沃的村妇们那种哀诉的、唱歌样的说话声,和因为喝醉酒而被工厂开除的、衰弱干瘦的乡下人的惭愧的咳嗽声。瓦尔瓦拉周济他们钱、面包、旧衣服,后来她在这儿住熟了,就开始把铺子里的东西也送出去了。有一回聋子看见她拿去四分之一磅的茶叶,这使他不放心了。

"妈在这儿拿去了四分之一磅茶叶,"事后他告诉父亲说,"这笔账出在哪儿呢?"

老头子没答话,站着不动,想了一想,眉毛动弹着,然后上楼看他妻子去了。

"瓦尔瓦鲁希卡①,要是你,亲爱的,要铺子里的什么东西,"他亲切地说,"你尽管拿好了。随便拿吧,不必犹疑。"

第二天聋子跑过院子,对她招呼道:

"妈,倘或您要什么东西,您就来拿吧!"

她这种布施显得有一点新鲜,有一点轻松畅快,就跟圣像前面的油灯和那些小小的红花蕾一样。斋期前最后一次荤食日或者一连三天的当地守护神节日当中,商店里总是把腐臭的腌牛肉卖给农民,那种肉冒出那么浓的臭气,就连站在肉桶旁边都会受不住,他们从醉汉手里收下镰刀、帽子、老婆的头巾,作为抵押品,工人们喝了低劣的白酒,昏昏沉沉倒在泥地里打滚。罪恶凝结起来,像雾那样停在空中,每逢这种时候,人要

---

① 瓦尔瓦拉的爱称。

是想起那边,在那所房子里,有一个文静的、穿得整整齐齐的、跟腌牛肉或者低劣的白酒没一点关系的女人,心头就会稍稍轻松一些。在那种沉重的、昏天黑地的日子里,她的施舍起着机器里的安全阀的作用。

齐布金家里,白天过得很忙。太阳还没出来,阿克西尼娅就已经在前堂洗脸,发出喷鼻子的声音,厨房里茶炊滚沸着,发出呜呜的响声,好像预告着要发生什么不吉利的事似的。老人格里戈里·彼得罗维奇穿一件又长又黑的上衣,一条印花布裤子,一双亮晃晃的高筒靴,那么干净,那么矮小,在各房间里走来走去,小小的靴后跟踩得噔噔响,活像一首著名的歌里的老公公。商店开门了。等到天色大亮,就有一辆轻快的二轮马车来到门廊外边,老头子矫健地坐上车,把他那顶大便帽压到耳朵边上,谁瞧见他都不会说他有五十六岁了。他的妻子和儿媳妇送他上车。每逢老头子身上穿一件讲究而干净的礼服,马车上套一匹值三百卢布的又大又黑的雄马,他就不喜欢农民们到他面前来请托什么

事,诉什么苦情。他痛恨农民,讨厌他们。要是他看见有个农民站在门口等他,他就生气地嚷道:

"你为什么站在这儿?躲我远远的!"

或者,如果那是一个乞丐,他就叫道:

"上帝才会养活你!"

他坐着车子办事去了。他妻子穿一身黑衣服,系一条黑围裙,打扫房间,或者在厨房里帮忙。阿克西尼娅在店里做买卖,这时候院子里就传来酒瓶和钱的叮当声,她嗤嗤地笑着或者喊叫,被她得罪的顾客发脾气了,同时还可以看得出白酒已经在那边,在店子里偷偷地出售了。聋子也坐在店里,要不然就不戴帽子,把手插在口袋里,在村街上散步,心不在焉地一会儿瞧着农民的小木房,一会儿瞧着上面的天空。他们一天在家里大约喝六道茶,大约有四次围着桌子坐下来吃饭。到了傍晚,他们就把进款算清,登在账上,然后酣畅地睡觉。

乌克列耶沃的所有三家棉布印花厂跟厂主住宅都

用电话联系着,那三家厂主是赫雷明家年长的一辈人,赫雷明家年轻的一辈人和科斯丘科夫。乡公所里也安一架电话,可是不久那架电话就给臭虫和蟑螂爬满,打不通了。乡长是个半文盲,写起公文来每个字的第一个字母都用大草。可是他看见电话坏了,却说:

"得,现在我们没有了电话可就有点困难了。"

赫雷明家年长一辈人经常跟年轻一辈人打官司,有时候年轻一辈人自家伙儿里起内讧,也打官司,于是他们的工厂停工一个月,两个月,直到他们重又讲和为止。这种事总是使得乌克列耶沃的居民们很高兴,因为每次吵嘴总会引起许多闲话和流言蜚语。到了节日,科斯丘科夫和赫雷明家年轻一辈人就坐上车子出去兜风,飞快地在乌克列耶沃村里跑来跑去,把小牛压死了事。阿克西尼娅打扮得花枝招展,在她商店附近的街上走来走去,弄得她那浆得蓬起的衬裙沙沙响,赫雷明家年轻一辈人就把她拉上车去,仿佛硬把她架走了似的。然后老齐布金也坐车出来,为的是夸耀他的新马。他带着瓦尔瓦拉一块儿坐在车上。

坐车兜风以后,到傍晚,人们都躺下睡觉,赫雷明家年轻一辈人的院子里却有一个贵重的手风琴响起来,如果那天晚上有月亮,人们听了乐声就会觉得又忧愁又快乐,乌克列耶沃就不再像是一个陷阱了。

二

大儿子阿尼西姆很少回家来,只有遇到大节期才回来一趟,可是他常托同乡带回礼物和家信,信是托别人代写的,字迹优美,每回都是用大张的信纸,看上去像是正式的呈文。信上满是阿尼西姆在谈话里素来不用的词藻:"亲爱的爸爸妈妈,兹奉上花茶一磅,借以满足您们生理上之需要耳。"

每封信的下款都好像是用破钢笔尖歪歪斜斜地写出:"阿尼西姆·齐布金"。下款底下又是那笔优美的字:"侦探"。

农民集

那些信经人大声念过好几遍,老头子听得很感动,兴奋得涨红脸,说:

"瞧,他不愿意待在家里,却去干念书人的营生了。好的,随他去吧!各人有各人的行业!"

在谢肉节①以前,有一天下了一阵夹着雪粒的大雨,老头子和瓦尔瓦拉走到窗前去看雨,可是看啊,阿尼西姆从车站坐着雪橇来了。他来得完全出人意料。他走进门来,心神不定,看样子仿佛在为什么事担忧似的,后来,在他住下的那些天也始终是这样子,他的举止有点随随便便。他并不急着要走,倒好像给革掉了差使似的。他回来,瓦尔瓦拉倒很高兴,她老是带点狡猾的神情瞧他,摇头,叹气。

"这是怎么回事啊,我的天?"她说,"啧啧,这小伙子已经二十八岁了,可是他仍旧是光棍儿,没个牵挂。唉,啧啧……"

---

① 大斋前的一星期。

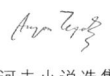

她讲的那些轻柔平稳的话在隔壁房间里听起来就像是"啧啧啧"。她开始跟老头儿和阿克西尼娅交头接耳地说话,他们的脸就也现出狡猾的、鬼鬼祟祟的神情,仿佛他们串通了要做什么坏事似的。

大家决定要给阿尼西姆办亲事了。

"唉,啧啧!……弟弟倒早就结婚了,"瓦尔瓦拉说,"可是你仍旧没个伴儿,就跟集市上的公鸡一样。这成什么话?唉,啧啧,求上帝保佑,结婚吧,然后随你的便,自管出外去做事好了,让老婆留在家里做个帮手。小伙子,你过日子没有一点章法,我看你已经把什么章法都忘了。唉,啧啧,你们这些城里人呀,全有罪哟。"

齐布金家里的人既是要结婚,那么大家就得给他们这些有钱的人挑顶好看的新娘。他们给阿尼西姆也找了一个俊俏的姑娘。他自己呢,长着一副不招人喜欢的、不起眼的相貌,尽管身体单薄而且病态,个子矮小,脸蛋却挺肥,鼓起来,倒好像他把腮帮子吹起来似的。他那对眼睛一眨也不眨,眼神尖利,胡子又稀又红,每逢他想心事,老是把胡子塞进嘴里去嚼。此外,他常常喝酒,这从他的脸容和他的步态就看得出来。可是他一听说他们已经给他找到一个很漂亮的新娘,就说:

"哦,话说回来,我自己也不丑啊。应当说,咱们齐布金家的人都长得漂亮。"

靠近城边有一个托尔古耶沃村。最近,这个村子有一半已经并进城里去,剩下来的一半仍旧算是村子。在并出去的那一半里面,有一个寡妇住着一所自己的小房子,她跟她妹妹同住。这妹妹很穷,白天出去做零工,有个女儿名叫丽巴,是个姑娘,也出去做零工。托尔古耶沃的人们已经在称道丽巴的美貌,可是她那赤贫的家境却吓退了一切人。大家认为只有鳏夫或者上了岁数的人才肯不顾她穷而跟她结婚,或者索性不结婚而跟她同居,她母亲跟着她也就有吃有喝了。瓦尔瓦拉听媒婆说到丽巴,就坐车子到托尔古耶沃去了。

然后,在那姑娘的姨妈家里照规矩安排了相亲的仪式,备了凉菜和葡萄酒。丽巴穿一件特为相亲做的粉红色新衣服,一条鲜红的缎带在她头发上面像火焰一样闪着。她又瘦又弱,脸白,五官温柔而秀气,她的皮肤由于在露天底下工作而晒得发红,羞臊哀伤的笑容老不离开她的脸,一双眼睛带着孩子气看人,显出信任和好奇的神情。

她年轻,仍然是个小姑娘,乳房还看不大出来,不过她可以结婚了,因为已经到了年纪。她长得确实美,只有一个地方不招人喜欢,就是她那双像男人一样的大手,现在那双手没事可做,垂在那儿,好比两只大爪子。

"陪嫁钱没有,我们倒也不在乎,"老人对姨妈说,"早先我们给我们的儿子斯捷潘也娶了个穷人家的姑娘,现在我们不知该怎样称赞她才好了。在家里也罢,在店里也罢,她那双手简直称得起是金子打的呢。"

丽巴站在门口,好像要说:"随您怎样摆布我就是,我相信您。"她母亲普拉斯科维娅,这个做零工的女人,躲在厨房里,胆怯得一动也不能动。当初她还年轻的时候,有一回,她在一个商人家里擦地板,那商人发火了,对她跺起脚来,她十分害怕,吓傻了,从此她一辈子心底里老存着害怕的感觉。她一害怕,胳膊和腿就老是发抖,脸颊抽筋。她坐在厨房里,极力听客人们说什么话,不断地在胸前画十字,用手指头按着前额瞧着圣像。阿尼西姆微微有点醉意,推开厨房的门,毫不拘束地说:

"您坐在这儿干什么,亲爱的妈妈?您不来,我们觉着闷得慌呢。"

普拉斯科维娅战战兢兢,用手按着干瘪的瘦胸脯,回答说:"哪儿的话,求上帝怜恤吧……您心真好,老爷。"

相亲以后,婚期定妥了。这以后,阿尼西姆在家各个房间里走来走去,吹口哨,或者忽然想起什么,就变得心事重重,一动也不动地凝神瞧着地板,仿佛眼光要钻到深深的地底下去似的。他知道自己就要结婚,而且那么快,定在复活节后的第一个星期,却没露出高兴的样子,也不打算去看新娘,光是不断地吹口哨。他所以结婚,显然只因为他父亲和后妈要他结婚,又因为村子里有这样的风俗:要儿子结婚是为了给家里添一个帮手。他走的时候,一点也不匆忙,总之他一举一动都跟先前几次回来的情形不一样。他显得满不在乎,说出来的话也不对头。

三

希卡洛沃村住着两个女裁缝,是姊妹俩,属于鞭身派教徒①。婚礼的新衣服就交给她们做,她们常常来量尺寸,喝很久的茶。她们给瓦尔瓦拉做一件棕色连衣裙,镶黑花边和玻璃珠,给阿克西尼娅做一件淡绿的

---

① 基督教的一种宗派,相信鞭笞自己,可以平息神怒。

农　民　集

连衣裙,配上黄色前胸,拖着长后襟。等到裁缝做完活,齐布金却不付她们工钱,只给店里的货物。她们愁闷地走了,手里提着她们完全不需要的几小捆硬脂蜡烛和沙丁鱼。她们走出村子,到了野外,就在一个土坡上坐下,哭起来。

举行婚礼的三天以前,阿尼西姆回来了,从头到脚一身新。他穿着发亮的胶皮雨鞋,没扎领结,却拴着一条红线绳,上面穿着小珠子。他肩上披着一件大衣,没把胳膊伸进衣袖里去,这件大衣也是新的。

他在圣像面前庄重地祷告一番,然后向父亲问安,送给他十枚银卢布和十枚半卢布银币,送给瓦尔瓦拉的也是这样一份。他送给阿克西尼娅的是四分之一卢布银币二十枚。这份礼物特别可爱的地方就在于所有的钱币仿佛是精心选出的一样,一律是新的,在阳光下闪闪发亮。阿尼西姆极力要显得庄重严肃,绷紧了脸,鼓起腮帮子。他嘴里冒出酒气来。他一定每到一个火车站就到小吃部去一趟。这个人仍旧带着那种满不在乎的样子,那种多余的气派。然后,阿尼西姆跟老头儿一块儿喝茶,吃点东西。瓦尔瓦拉把那些新卢布放在手心上翻来覆去地看,同时问起那些在城里生活的同乡。

"谢谢上帝,他们都不错,他们过得挺好,"阿尼西姆说,"只是伊万·叶戈罗夫家里出了点事:他的老婆子索菲娅·尼基福罗芙娜去世了。她害的是痨病。他们为了让她的灵魂安息而安排了丧宴,是从包办宴席的人那儿定来的。每一客是两个半卢布。还有真正的葡萄酒。我们的同乡,几个庄稼汉,也去了。叶戈罗夫为他们也叫了两个半卢布一客的饭菜。其实他们什么也没吃。庄稼汉哪儿懂得什么口味!"

"两个半卢布呀!"老头说,摇摇头。

"可不是!那儿又不是乡下。比方说,你走进一家饭馆想吃一顿,点了这样那样的菜,凑上三朋四友,一块儿喝上一通酒。一眨巴眼儿的工夫,天就已经亮了。对不起,你得替每个人付三四个卢布才成。要是跟萨莫罗多夫在一块儿,那他饭后喜欢喝上一杯掺白兰地的咖啡,可是,先生,上等白兰地要六十戈比一小杯呐。"

"这全是随口乱说了,"老头子惊叹地说,"这全是随口乱说了!"

"现在我老是跟萨莫罗多夫在一块儿。替我给你们写信的就是这个萨莫罗多夫。他写得好极了。妈,"阿尼西姆快活地对瓦尔瓦拉说下去,"要是我告诉您萨莫罗多夫是个什么样的人,您才不会相信呢。我们大家都叫他穆赫达尔,因为他跟亚美尼亚人一样,周身上下一片黑。我把他看得透里透,妈,他的事儿就跟我手上的五个指头一样,我全知道,这一点他自己也明白,就老是跟着我,难舍难分,现在我们真是拆不开,打不散了。他好像有点怕我,可是离开我又活不下去。我上哪儿他也上哪儿。妈,我长着一对真正厉害的眼睛。我在旧衣市上一眼看见一个农民卖一件衬衫。'慢着,这衬衫是偷来的!'果然不错,那衬衫真是偷来的。"

"你怎么知道的呢?"瓦尔瓦拉问。

"也说不出是怎么知道的,我就是长着那样的眼睛呗。我并不知道衬衫的来历,可是,不知什么缘故,我就那么心血来潮了:这东西是偷来的,准是这么的。我们侦缉队里那些同事常常这么说:'嘿,阿尼西姆打山鹬去了!'那意思是说去找贼赃了。对了……偷是谁都会的,可是要想保牢贼赃,那就难了!世界挺大,可就是没有地方藏贼赃。"

"上个星期我们村里贡托列夫家给偷走了一只公羊和两只小母羊,"瓦尔瓦拉说,叹一口气,"却没有人去把它们找回来……唉,啧啧……"

"行。我可以去找。这没什么,我办得到。"

结婚的日子到了。那是四月里一个凉快、晴朗、快活的日子。从一清早起,人们就坐着由两匹或者三匹马拉着的马车在乌克列耶沃村里来来去去,铃子叮当地响,车轭和马鬃上装饰着五颜六色的绦带。白嘴鸦

农 民 集

给车马声闹得心慌意乱,在柳树林里呱呱叫,椋鸟也提高嗓门,不停地叫唤,倒好像因为齐布金家办喜事而高兴似的。

屋里桌子上,已经摆满长条的鱼、整只火腿、肚子里填满东西的家禽、一盒盒的熏鲱鱼、各种各样盐腌的和醋渍的吃食、许多瓶白酒和葡萄酒,空气里弥漫着熏腊肠和酸龙虾的气味。老齐布金在桌子旁边走来走去,靴后跟嘎吱嘎吱地响,拿着两把刀子互相磨着。大家不断地喊住瓦尔瓦拉,问她要这样要那样,她呢,样子慌慌张张,上气不接下气,不断地在厨房里跑进跑出。厨房里面,科斯丘科夫家的厨师和赫雷明家年轻一辈人的给老爷做饭的女厨子从天亮起就在干活了。阿克西尼娅卷起头发,只穿着紧身胸衣,没穿连衣裙,脚上穿一双嘎吱嘎吱响的新皮鞋,一阵风似地跑过院子,只看见她那光光的膝头和胸脯一闪就过去了。各处热热闹闹,人们可以听见骂人和赌咒的声音。行人在敞开的大门口站住,样样事情都使人觉得马上就要发生一件大事了。

"他们坐车去接新娘了!"

马车铃子叮当响着,出了村子很远才消失……到两点多钟,人们奔跑起来,原来铃声又响了,他们把新娘接来了!教堂里挤满了人,圣像前的枝形烛台点亮了,唱诗班按老齐布金的意思照着乐谱歌唱。辉煌的亮光和鲜艳的衣服弄得丽巴眼花缭乱。她觉得歌手用响亮的嗓音砸她脑袋,就跟锤子一样。她生平第一回穿的紧身胸衣和她那双皮鞋勒得她挺痛。她的脸相看上去仿佛是在昏厥以后刚清醒过来似的,她呆瞪瞪地往四下里瞧,却什么也没看明白。阿尼西姆穿一身黑礼服,脖子上没扎领结,却系了一条红线绳,心事重重,瞧着一个地方出神,每逢歌手高声唱起来,他就赶快在胸前画十字。他心里感动,想哭出来。这个教堂他从很小很小的时候起就熟悉,从前有一个时期他那去世的母亲常带他上这儿来领圣餐,有一个时期他还在儿童唱诗班里歌唱,每个圣像、每个角落他都记得清清楚楚。现在呢,他结婚了,为了合乎世道而必须娶妻子,可是现在他没想这些,不知怎么他竟不记得而且完全忘了他的婚事。眼泪使得他眼睛看不见圣像,心里堵得慌。他暗自祷告,祈求上帝让那个在劫难逃的灾难,即使不是今天,就是明天一定会降在他身上的灾难,好歹放过他去,就跟天旱的日子里雨云掠过村子却不落下一滴雨来一样。过去已经积下那么多的罪,那么多的罪,事情已经闹到简直没有退避的余地,没有挽回的余地,就连要求宽恕也好像不近情理了。可是他仍旧恳求宽恕,甚至大声哭出来,不过谁也没理会,因为他们以为他喝醉了。

有一个孩子用惊慌的声音哭着说:

"好妈妈,带我离开这儿吧,亲妈妈!"

"不许说话!"司祭叫道。

新婚夫妇从教堂出来,走回家去,人们跟在他们身后跑着。小铺附近,大门附近,院子里窗跟前,也都围满了人。村妇们来唱喜歌。合唱队早已站在前堂,拿了乐谱等着,年轻的夫妇刚刚跨进门槛,他们就提高喉咙用尽力气齐声唱起来。特意从城里约来的一个乐队也开始奏乐。顿河香槟酒已经盛在高脚杯子里,送过来。木匠兼包工头叶利扎罗夫是一个又高又瘦的老人,眉毛生得很密,弄得眼睛也看不大见了,他对新婚夫妇说:

"阿尼西姆和你,孩子,要相亲相爱,要按上帝的意思过日子,孩子们,求圣母不要抛弃你们。"他伏在老头子的肩膀上,呜呜地哭了,"格里戈里·彼得罗维奇,咱们哭一场吧,高兴得哭一场吧,"他用尖细的声音说,然后立刻突然笑起来,用响亮的男低音接着说,"哈哈哈,你又添了个好儿媳妇!她呀,处处都合格,处处都光溜溜的,没一点杂音,整个机器都没毛病,螺丝钉多得很。"

他是叶戈列夫县的人,可是从年轻时候起就在乌克列耶沃村的工厂和县里做工,已经在这儿住惯了。多年以来,大家觉得他一直是这么老,一直跟现在一样瘦高,多年以来,大家一直叫他"拐杖"。也许因为近四十多年来专门在工厂里做修理工作吧,总之,他批评每个人和每样东西的时候总是在扎实上面着眼:看一看是不是需要修理。他在靠着饭桌坐下来以前,先试了好几把椅子,看它们结实不结实,他还摸了摸鲑鱼。

喝过顿河香槟酒以后,大家围着桌子坐下来。客人们谈天,移动椅子。歌手在前堂唱歌,乐队奏乐,同时院子里村妇们齐声唱喜歌,结果造成一种可怕的、乱七八糟的声音,闹得人头昏眼花。

"拐杖"坐在椅子上扭个不停,胳膊肘碰着他身旁的人,妨碍人家谈话。他一会儿笑一会儿哭。

"孩子们,孩子们,孩子们……"他急促地嘟哝着,"阿克西尼娅宝贝儿,瓦尔瓦拉宝贝儿,咱们太太平平、和和睦睦地过日子吧,我亲爱的小斧子……"

他酒量小,现在只喝了一杯英国白酒就醉了。这难于下咽的白酒不知道是用什么东西做成的,一喝就昏醉,仿佛一闷棍把人打晕了似的。舌头开始转动不灵了。

在座的有本地的教士、带着妻子一同来的工厂职员们、商人、从别的村子来的饭铺老板。乡长和乡里的文书也并排坐在那儿,他们已经一块儿服务了十四年,在这段时期里每逢给人签署文件,或者在放人走出乡公所以前,总是把人欺骗一下或者侮辱一下,如今他俩养得肥头胖脑,仿佛他们在欺诈里泡得太久,连脸上的皮肤都有了一种特别的骗子色彩。文书的老婆是一个斜眼的瘦女人,把她所有的孩子都带来了,她像一只鹰似地斜着眼瞄准菜碟,凡是她的手够得到的都被她一齐抢光,放进她自己的或者孩子的衣袋里去了。

丽巴坐在那儿不动,好像变成了石头,仍旧现出在教堂里的那副表情。阿尼西姆自从认识她以后还没跟她说过一句话,因此直到现在还不知道她的嗓音是什么样儿。现在,他坐在她身旁,始终闷声不响,只顾喝英国白酒,等到喝醉了才开口,跟坐在对面的丽巴的姨妈说:

农 民 集

"我有个朋友,姓萨莫罗多夫。他是个有专长的人。论身份他是个非世袭的名誉公民,能说会道。不过我把他看得透里透,姨妈,这他也知道。请您跟我一块儿为萨莫罗多夫的健康干一杯吧,姨妈!"

瓦尔瓦拉筋疲力尽,精神恍惚,绕着桌子走来走去,劝客人吃东西。她明明很满意,因为菜有那么多碟,全都那么丰富,现在谁也不能挑剔他们了。太阳落下去了,可是酒宴一直没停,客人已经不知道自己在吃什么,喝什么,他们讲的话也休想听得清,只有在乐队的乐声偶尔停下来的时候,才可以清楚地听见外面有一个村妇嚷道:

"你们吸饱了我们的血,强盗,叫你们死了才好!"

到傍晚,大家和着乐声跳舞。赫雷明家年轻一辈人带着他们自己的酒光临了,其中有一个在跳卡德里尔舞的时候,两只手各拿一个酒瓶,嘴里还衔着酒杯,逗得大家都笑了。卡德里尔舞跳到一半,他们忽然挫下身去,蹲着跳起来。穿绿衣服的阿克西尼娅像一道

闪电似的飞过来飞过去,她的长后襟扇起一阵风。有人踩坏她下摆的绉边,"拐杖"就嚷道:

"喂,他们把护墙板扯下来了!孩子们!"

阿克西尼娅生着天真的灰色眼睛,那对眼睛难得眨巴一下,她脸上老是带着天真的笑容。她那对一眨也不眨的眼睛、长脖子上的小脑袋、她那苗条的身材,都有点蛇的样子。她配上周身的绿色,配上她那黄色的前胸,唇边露出微笑,看上去活像春天从嫩嫩的黑麦田中挺直身子昂起头来瞧着行人的一条毒蛇。赫雷明家的那些人待她随随便便。很明显,她跟他们当中年纪较大的一个早已打得火热了。可是她那聋丈夫却一点也没看出来,他压根儿就没瞧她。他坐在那儿,一条腿搭在另一条腿上,正在吃胡桃。他咬开胡桃壳的声音响得很,听上去跟放枪一样。

可是,看哪,老齐布金自己走到房中央来了,他挥动手绢,表示他也要跳俄罗斯舞了。于是从房里各处,从院子当中的人群里,响起一片嘈杂的赞叹声:

农　民　集

"大老板也出场了！大老板！"

瓦尔瓦拉跳舞,可是老头子光是挥动手绢,跺靴后跟。院子里的人互相推搡着,往窗子里看,十分高兴。一时间,他们宽恕了他的一切——他的财富,他的欺侮。

"跳得好哇,格里戈里·彼得罗维奇！"那群人叫道,"对,跳吧！你还能行呐！哈哈！"

这场舞直跳到深夜一点多钟才散。阿尼西姆跟跟跄跄走过去跟乐师和歌者一一告别,送给他们每人一枚新的半卢布银币。老人身体倒没摇晃,不过走起路来也还是有一条腿下脚很重。他一面送客人出去,一面对每个客人说：

"办这场喜事花了两千卢布呐。"

大家走散的时候,有人穿错衣服,丢下自己的旧外衣,穿走了希卡洛沃村的小饭铺老板的好外衣。阿尼西姆忽然冒火,嚷起来：

"别忙！我马上就会找着它！我知道是谁偷的！

别忙!"

他跑上街去追一个人,可是人家拦住他,把他搀回家来,尽管他醉醺醺,气得满脸通红,一头的汗,仍旧把他推进屋里去,扣上了门。在那屋里,姨妈已经在给丽巴脱衣服了。

四

五天过去了。阿尼西姆准备好动身,就走上楼去向瓦尔瓦拉告辞。她房间里圣像前面的灯都点亮了,弥漫着熏香的气味。她本人坐在窗口,正在用红毛线打袜子。

"你在我们这儿住得不久,"她说,"大概你觉得腻味了吧?唉,啧啧……我们过得挺好,样样东西都很多。我们把你的喜事办得挺像样,挺风光,老头子说用了两千卢布呢。一句话,我们生活得跟商人一样,只是我们这儿很乏味。我们净欺负老百姓。我的心都痛了,我亲爱的。我们把他们欺负得多厉害啊,我的上帝!我们交换一匹马也好,买什么东西也好,雇工人也好,处处都要骗人。骗了又骗。铺子里的素油又苦又有哈喇味,就连人家的煤焦油都比它强。可是请你说说看,难道我们不能卖好油吗?"

"各人有各人的行业,妈。"

"可是话说回来,我们将来不是都得死吗?唉唉,你真应该跟你爸爸谈一谈才好!……"

"您自己该跟他谈才对。"

"算了吧,算了吧!谈呢,我倒是对他谈了,可是他也跟你一样,说什么各人有各人的行业。你想,将来到了另一个世界,人家会管你干的是什么行业吗?上帝的裁判可是公道的。"

"当然,人家不会管的,"阿尼西姆说,叹一口气,"话说回来,反正上帝是没有的,妈。哪儿会有人来管呢!"

瓦尔瓦拉惊奇地瞧着他,扬声大笑,两只手举起来一拍。由于她真心地对他的话感到惊奇,而且睁大眼睛瞧着他,把他当作怪人一样,他窘了。

"也许上帝是有的,只是信仰没有罢了,"他说,"我在举行婚礼的时候,觉着很不自在。如同从母鸡身子底下拿到一个鸡蛋,鸡蛋里面有个小鸡在唧唧叫一样,我的良心也忽然唧唧叫起来,我在举行婚礼的时候,时时刻刻暗想:'上帝是有的!'可是我一走出教堂啊,就全完了。再者,究竟有没有上帝,我怎么知道呢?我们从小就没受过这样的教育。娃娃还在娘怀里吃奶的时候,就只是受到这样的教育:'各人有各人的行业。'要知道,爸爸也不信上帝啊。您先前说贡托列夫家里有些羊给人偷走了……我已经找着了,那是希卡洛沃村的一个农民偷的。他偷了羊,可是爸爸得了羊皮……这就叫做信仰!"

阿尼西姆眨巴着眼睛,摇头。

"乡长也不相信上帝,"他接着说,"文书也一样,就连教堂执事也一样。至于他们上教堂,持斋,那也只是为了免得人家说他们的坏话,而且防着万一真有世界末日的审判罢了。如今大家都说世界的末日好像已经来了,因为人变得软弱,不尊敬父母,等等。这全是废话。妈,依我的看法,毛病全出在人们昧了良心。我看得透,妈,我明白。要是人家有一件偷来的衬衫,我一眼就看得出来。比方说,有一个人坐在小饭铺里,您还当是他在喝茶,没什么,我呢,不但看见他在喝茶,还看见他没有良心。您走来走去,尽可以走上一整天,却碰不见一个有良心的人。这原因完全在于他们不知道有没有上帝……好了,再见,妈。希望您好好活下去,身体健康,别记着我的坏处。"

阿尼西姆在瓦尔瓦拉面前跪下来。

"我为种种事情感激您,妈,"他说,"我们家有了您,得了很大的好处。您是一个很正派的女人,我对您很满意。"

阿尼西姆十分感动地走出去了,可是又回来,说:

"萨莫罗多夫把我牵连到一桩麻烦事里面去了:

我要么发一笔大财,要么完蛋。要是出了什么事,那就求您务必安慰爸爸,妈。"

"唉,何必说这种话?唉,啧啧……上帝是仁慈的。你呢,阿尼西姆,对你老婆也该心疼一点才好,可是现在你们却大眼瞪小眼。说真的,你至少也该带个笑脸啊。"

"是啊,她也真是个怪物……"阿尼西姆说,叹口气,"她什么也不懂,老是不讲话。她年轻得很,那就让她慢慢长大吧。"

一匹高大壮实的白毛公马已经拉着一辆二轮马车停在门廊外面。

老齐布金一纵身上了车,意气扬扬地坐下,拿起缰绳。阿尼西姆吻瓦尔瓦拉、吻阿克西尼娅、吻他的兄弟。丽巴也站在门廊上,一动不动,眼睛瞧着别处,仿佛她不是来送他,而是不知什么缘故凑巧站在那儿似的。阿尼西姆走到她面前,用嘴唇轻轻碰了碰她的脸蛋儿。

农 民 集

"再见。"他说。

她没有瞧他,却现出一种古怪的笑容,她的脸颤抖起来,不知什么缘故大家都可怜她了。阿尼西姆也一蹿就跳上了马车,两只手叉在腰上,因为他认为自己是个美男子。

他们坐着车子上坡,一路出了峡谷,阿尼西姆不断回过头去瞧村子。那是一个温暖晴朗的日子。牲口还是第一回给人赶到外面来,村姑和村妇们穿着过节的华丽衣服在牲口旁边走来走去。一头褐色的公牛在嗥叫,由于得到自由而高兴,用前蹄刨地。四面八方,上上下下,都有百灵鸟在歌唱。阿尼西姆回过头去看一眼那座端正的白色教堂(它最近才粉刷过),想起五天前怎样在那里面祈祷,又看一眼绿色房顶的学校,看一眼从前他常在里面游泳和钓鱼的小河,就有一股欢乐的浪头在他的胸中激荡,他恨不得地下忽然升起一堵墙来,不容他再往前走,让他永远伴着过往的岁月才好。

到了火车站,他们走进小吃部,各人喝了一杯白葡萄酒。老头子伸手到口袋里摸钱包,打算付钱。

"我请客!"阿尼西姆说。

老头子感动地拍拍他的肩膀,对小吃部的服务员眨一眨眼,好像说:"瞧,我有一个多么好的儿子。"

"你应当留在家里做生意才对,阿尼西姆,"他说,"对我来说,你是个了不起的宝贝!我会把你从头到脚镀上金呢,好儿子。"

"这是办不到的,爸爸。"

白葡萄酒有点酸,而且有火漆的气味,可是他们又喝了一杯。

老齐布金从火车站回到家来,一下子竟认不出他的小儿媳妇了。丈夫刚刚坐着车出了院子,丽巴就变了样,忽然高兴起来。她换上一条早先穿过的旧裙子,光着脚,把袖子卷到肩膀上,擦前堂的楼梯,用银铃样的尖嗓音唱歌。她端着一大盆脏水走出去,抬头看太阳,露出孩子气的笑容,她自己也像一只百灵鸟一样了。

一个老工人正好走过门口,摇着头,嗽了嗽喉咙。

"是啊,格里戈里·彼得罗维奇,上帝给你送来的儿媳妇真了不起!"他说,"她不能算是娘们儿,简直该算是一宗宝贝!"

五

七月八日,星期五那天,外号叫做"拐杖"的叶利扎罗夫和丽巴,从卡桑斯科耶村回来,这天是当地教堂纪念卡桑圣母的祭礼日,他们刚刚到那儿去做过礼拜。丽巴的母亲普拉斯科维娅在他们身后很远的地方走着,她老是落在后面,因为她有病,气喘。天色已经将近黄昏了。

"啊,啊,啊!……""拐杖"一面听丽巴讲话,一面惊奇地说,"啊,啊!……真的吗?"

"我啊,挺爱吃果酱,伊利亚·马卡雷奇,"丽巴说,"我坐在我那小屋里,老是喝茶呀,吃果酱呀。要不然我就跟瓦尔瓦拉·尼古拉耶芙娜一块儿喝茶,她常常讲点打动人心的事儿。她们有许多许多的果酱,四罐子呐。'吃吧,丽巴,'她说,'由着性儿吃吧。'"

"啊,啊,啊!……四罐子呐!"

"他们过得可阔气了。喝茶的时候还吃小白面包,牛肉也是要吃多少就吃多少。他们过得可阔气了,不过我在他们那儿总觉着害怕,伊利亚·马卡雷奇。唉唉,我好怕哟!"

"你怕什么呢,孩子?""拐杖"问,他回过头去看普拉斯科维娅落得远不远。

"结婚以后,我先是怕阿尼西姆·格里戈里奇。阿尼西姆·格里戈里奇并没怎么样,也没欺负我,只是他一走近我的身边,就有一股凉气跑遍我的全身,一直钻进我所有的骨头里去了。我没有一夜睡着过,老是发抖,祷告上帝。现在呢,我怕阿克西尼娅,伊利亚·马卡雷奇。她也没怎么样,老是笑呵呵的,不过有时候

农　民　集

她瞧一眼窗外,眼神却那么凶,射出绿光,就跟关在栏里的羊眼睛一样。赫雷明家年轻一辈人正在撺掇她:'你家的老头子,'他们说,'在布乔基诺有一小块地,大约有四十俄亩,'他们说,'那儿有沙土,有水,所以你,阿克秀霞①,'他们说,'在那儿自己盖一个砖厂吧,我们来合股经营就是。'现在的砖价是二十卢布一千块。那是赚钱的生意。昨天吃午饭的时候阿克西尼娅就对老头子说:'我打算在布乔基诺盖个砖厂,我自己做点生意。'她一边说一边笑。格里戈里·彼得罗维奇的脸可就阴下来了,看得出来他是不喜欢这个办法的。'只要我还活着,'他说,'那就不能分家,我们得守在一块儿。'她瞪了他一眼,暗自咬牙……油炸饼端上来了,可是她不吃!"

"啊,啊,啊!……""拐杖"惊奇地说,"她不吃呀!"

---

①　阿克西尼娅的爱称。

"还有,劳您的驾说说看,她到底什么时候才睡觉啊?"丽巴接着说,"她刚刚睡了半个钟头,就跳起来,这儿走走,那儿走走,看农民们放火烧什么东西没有,偷什么东西没有……她真可怕,伊利亚·马卡雷奇!赫雷明年轻一辈人喝过喜酒以后,没有回去睡觉,却一块儿坐车到城里去打官司了。大家都说这大概是阿克西尼娅闹出来的。有两个兄弟答应给她盖一个造砖厂,可是第三个生气了。他们的工厂就此停工一个月,我的叔父普罗霍尔没活儿可做,挨门挨户地要饭。'叔叔,趁这工夫,您应该去种地,或者砍柴,'我对他说,'何必这么丢脸?''庄稼活我已经丢生了,'他说,'我什么也不会干了,丽宾卡①。'……"

他们在一小片新生的山杨树林旁边站住,歇歇气,等普拉斯科维娅。叶利扎罗夫早就在做小规模的包工活儿,可是买不起马,总是徒步走遍全县,什么也不带,只带一个小口袋,里头装着面包和洋葱,他大踏步地走

---

① 丽巴的爱称。

路,甩搭着胳膊。同他一块儿走路是很难跟得上的。

树林的进口地方立着一块地界标。叶利扎罗夫碰一碰它,看它结实不结实。普拉斯科维娅喘吁吁地走到他们面前来了。她那满是皱纹、素来神色惊恐的脸,这时候却快活得放光,今天她跟别人一样到过教堂,后来赶了一趟集,在那儿还喝了梨汁克瓦斯!这在她是少有的,现在她甚至觉得今天是她生平第一回过得满意的一天了。他们休息了一阵,三个人并排走着。太阳已经在落下去,斜阳射进树林,树干发亮。前面隐约传来了人声。乌克列耶沃的姑娘们早就在他们前头走过去了,可是一直留在树林里没走,多半在采菌吧。

"喂,姑娘们!"叶利扎罗夫叫道,"喂,美人儿!"

回答的是一片笑声。

"'拐杖'来了!'拐杖'!老生姜!"

回答的也是笑声。然后树林也落在后面了。工厂的烟囱顶可以看见了。钟楼上的十字架发亮:这就是那个"教堂执事在丧宴上吃光鱼子酱"的村子。现在他们差不多要走到家了,他们只要下坡,走进那大峡谷就成了。丽巴和普拉斯科维娅本来光着脚走路,这时候就在草地上坐下来穿鞋,包工头叶利扎罗夫也陪她们坐下来。要是从上面往下瞧一眼,乌克列耶沃和它的柳树、白教堂、小河,就显得美丽平静,只有工厂的房顶刺眼,主人为了少花钱而把房顶涂成一种暗淡无光的古怪颜色。他们可以看见对面山坡上有黑麦,一垛垛,一捆捆,东一堆,西一堆,仿佛让暴风吹散了,那些新割下来的麦子一排排地躺在那儿。燕麦熟了,这时候给太阳照得跟珍珠母一样发出反光。这时令正是农忙期。今天是节日,明天是星期六,他们割黑麦,运走干草,随后是星期日,又是假日。每天远处有隆隆的雷声。天气闷热,看起来像要下雨。因此,现在每个人瞧着这片田野都会想:求上帝保佑我们及时收割完庄稼才好。大家觉得高兴,畅快,同时却又着急。

"如今割麦子的工人真能挣钱,"普拉斯科维娅说,"一天挣一卢布零四十戈比呢!"

农　民　集

人们纷纷从卡桑斯科耶的市集回来:村妇啦,戴新帽子的工人啦,乞丐啦,小孩子啦……一会儿有一辆大车走过去,扬起灰尘,车后跟着一匹没卖掉的马,那匹马仿佛因为没卖掉而暗自高兴似的,一会儿有一头母牛由人牵着犄角往前走去,它却死命地不肯走,一会儿又过去一辆大车,车上坐着些醉醺醺的农民,把腿耷拉下来。一个老太婆领着一个头戴大帽子、脚穿大靴子的男孩走过去,男孩热得累了,又因为那双沉甸甸的靴子不容他的腿在膝头那儿打弯,就更加累了,不过他还是用足气力不断地吹一个玩具喇叭。他们已经走下斜坡,转弯上了大街,可是喇叭声仍旧听得到。

"我们的厂主好像完全变了……"叶利扎罗夫说,"这可真糟!科斯丘科夫生了我的气。'飞檐上用的薄板太多。''怎么太多?该用多少就用多少,瓦西里·丹尼雷奇。我又没拿它们就着粥吃到肚子里去,那是薄板啊。''你怎么可以跟我这样说话?'他说,'你这蠢货,没出息的!别忘了形!'他嚷着说,'是我提拔你做包工头的。''这也没什么稀罕!'我说,'当初我没做包工头的时候,我也天天有茶喝啊。''你们全是下流胚……'他说。我没言语。'我们在这个世界是下流胚,'我心想,'到了那个世界你们就是下流胚啰。'哈哈哈!第二天他软下来了。'你别因为我说的话记恨我,马卡雷奇,'他说,'要是我说话有过火的地方,'他说,'那么话说回来,我到底是一等行会的商人,比你上流,你应当闭嘴才是。''您是一等行会的商人,我是木工,'我说,'这话不错。可是圣徒约瑟也是木工啊。我们这行业是正当的,连上帝都喜欢。要是你愿意做比我上流的人,那也随您,瓦西里·丹尼雷奇。'后来,我是说在谈过这回话以后,我心想:'到底谁是上流人啊?一等行会的商人呢,还是木工?'一定是木工,孩子们!"

"拐杖"想了一想,补充几句:

"是这样的,孩子们。谁劳动,谁能忍,谁就上流。"

农 民 集

太阳已经落下去了。浓雾在河面上,在教堂的围墙里,在工厂四周的空地上升起来,白得跟牛奶一样。这时候,黑暗很快地降临了,坡下面已经有灯火在闪亮,看上去那片浓雾好像掩盖着一个不见底的深渊似的。生来穷苦、准备照这样过一辈子、除去惊恐而温柔的灵魂以外愿意把一切都献给别人的丽巴和她母亲,也许在这一刹那间会隐约感到:在这广大神秘的世界里,在生命世世代代无穷的延续中,她们也是一种力量,而且比某些人上流吧。她们坐在坡上挺痛快,幸福地微笑着,却忘了她们还得走下斜坡回家去。

末后,她们回到了家。收割工人坐在小铺附近和大门外面的地上。乌克列耶沃的农民们素来不肯到齐布金家来做活,他们只好雇外乡人。如今在黑地里看上去,坐在那儿的人仿佛长着又长又黑的胡子似的。小铺开着门,从门口可以瞧见聋子在里面跟一个男孩下跳棋。收割工人轻声唱歌,低得差不多听不清,或者大声要求发给他们前一天的工钱,可是雇主不发给他们,因为生怕他们明天走掉。老齐布金脱掉上衣,穿着坎肩,跟阿克西尼娅坐在门廊前面桦树底下喝茶,桌子上点着一盏灯。

"老大爷!"收割工人在门外叫道,好像要嘲弄他似的,"哪怕发给我们一半工钱也是好的!老大爷!"

立刻来了笑声。然后他们又唱起来,声音低得差不多听不清……"拐杖"也坐下来喝茶。

"喏,我们去赶集来着,"他讲起来,"我们玩玩乐乐,痛快极了,孩子们,赞美主吧。可是出了一件不好的事儿:铁匠萨希卡买烟叶,喏,给了店老板一枚半卢布银币。不料那半卢布银币是个假钱。""拐杖"接着说,往四下里看一眼。他想小声说话,可是他却用一种发闷的、嘶哑的声音讲着,人人都听得见。"原来那半卢布银币是假钱。人家问他这钱是哪儿来的。'这是阿尼西姆·齐布金给我的,'他说,'他是在我去吃喜酒的时候给我的。'他说。他们就把警察叫来,把这人带走了。……注意啊,格里戈里·彼得罗维奇,可别出什么事儿,也别惹出什么闲话来……"

"老大——爷!"那个声音又在门外嘲弄地叫道,"老大——爷!"

随后是沉默。

"啊,孩子们,孩子们,孩子们……""拐杖"很快地嘟哝着,站起来。他困了,"好了,谢谢您的茶,您的糖,孩子们。到睡觉的时候了。我有点朽了,我的脊梁全都朽了。哈哈哈!"

他一面走,一面说:

"我大概到死的时候了!"

他就呜呜地哭了。老齐布金没有把茶喝完,只是仍旧坐了一会儿,想心事,从他那脸容看上去像是在听"拐杖"的脚步声,"拐杖"已经顺着大街走远了。

"铁匠萨希卡多半是胡说。"阿克西尼娅猜中他的心事,说。

他走进房里去,过一会儿拿着一包东西走回来,他打开包,卢布闪闪发亮,都是些簇新的钱币。他拿一个,用牙咬了咬,往托盘上一丢,然后又丢一个……

"这些卢布果然是假的……"他说,瞧着阿克西尼娅,好像糊涂了,"这都是当初阿尼西姆带回来,算做他的礼物的。你,孩子,拿去,"他小声说,把包塞在她手里,"拿去丢在井里……去它的吧!注意,可别张扬出去。千万别出什么岔子才好……把茶炊收拾了,灯熄掉……"

丽巴和普拉斯科维娅坐在板棚里,瞧着灯亮一个个地灭了,只有楼上瓦尔瓦拉的房间里,有些蓝色和红色的圣像前的油灯还亮着,安宁、满足、神秘的空气从那儿飘下来。普拉斯科维娅对女儿嫁了阔人这件事始终还没习惯,每逢她来到这儿,总是怯生生地缩在前堂里,脸上现出恳求的笑容,茶和糖就给她送来了。丽巴也过不惯,丈夫走后就不在自己的床上睡觉,随便在哪儿倒头就睡,或是在厨房里,或是在板棚里。她天天擦地板,洗衣服,觉得自己像是来打短工的。现在,她们做完礼拜回来以后,就到厨房里去跟厨娘一块儿喝茶,然后她们走进板棚,在雪橇和矮墙中间的地板上躺下来。那儿挺黑,有套包子的气味。正房四周的灯全熄了,然后她们听见聋子关上店门,收割工人们在院子里打点着睡觉了。远处,在赫雷明家年轻一辈人的家里,他们正在拉那贵重的手风琴……丽巴和普拉斯科维娅开始昏昏地睡去。

她们给什么人的脚步声惊醒了,月亮正在明晃晃地照着板棚。门口站着阿克西尼娅,手里抱着她的被褥。

"这儿也许凉快点……"她说,然后走进来,几乎就躺在门口,月光照亮了她的全身。

她睡不着,喘气,热得摊开四肢,差不多把被子全揭掉了。在月亮的魔光下这是个多么美丽、多么骄傲的动物啊!过了不大工夫,又来了脚步声:老头子穿一身白,在门口出现了。

"阿克西尼娅!"他叫道,"你在这儿吗?"

"怎么?"她生气地回答。

"我刚才叫你把钱扔在井里。你扔掉没有?"

"哪有这样的事,把一大笔钱扔在水里!我已经把它发给收割工人了……"

"啊呀,我的上帝!"老头儿叫道,又惊讶又害怕,"你这个胡闹的娘儿们……唉,我的上帝!"

他举起两只手来一拍,走出去了,一面走一面不住地自言自语。过了一会儿,阿克西尼娅坐起来,心烦得长叹一口气,然后站起来,收起铺盖,抱着走了。

"你为什么把我嫁到这个人家来啊,妈!"丽巴说。

"人总得结婚,女儿。那不是我们做得了主的。"

一种没法慰解的悲痛准备来抓住她们的心。可是她们觉着在高高的天上好像有人低下头来,从那一片布满星斗的蓝天里瞧着下界,看见了乌克列耶沃发生的种种事情,注视着。不管罪恶有多么强大,可是夜晚仍旧安静美丽,上帝创造的这个世界里现在有,将来也会有,同样恬静美丽的真理。人间万物,一心等着跟真理合成一体,如同月光和黑夜融合在一起一样。

于是她俩放了心,互相依偎着睡着了。

六

早就来了消息,说是阿尼西姆因为制造和使用假钱而关在监牢里。好几个月过去了,大半年过去了,漫长的冬天过去了,春天开始了。家里的人也好,村子里的人也好,对阿尼西姆关在监牢里这件事都已经习惯了。谁要是晚上走过这所房子或者这个小铺,就会想起阿尼西姆关在监牢里。每逢乡村墓地里响起钟声,不知什么缘故也会使人想起他在坐牢,等候审判。

仿佛有一个阴影罩住了这所庭院似的。正房变得暗淡,房顶生了锈,那扇沉甸甸的、包着铁皮的店门上,绿漆褪了色,或者用聋子的话来说,就是"起茧子"了。老齐布金自己也好像变得暗淡了。他早已不剪头发和胡子,看上去乱蓬蓬的。他也不再一纵身跳上马车,也不再吆喝乞丐:"上帝才养活你们!"他的精力衰退了,这在种种事情上都看得出来。人们也已经不大怕他,警官虽然仍旧接受他按期拿的贿赂,却把他的铺子告了一状。老头子已经三次被传到城里去,为了卖私酒而受审。由于证人没有出庭,这案子不断地拖下去,老头子给闹得筋疲力尽了。

他常坐车去探望儿子,请个什么律师,递个什么呈文,捐给某个教堂一方神幡。他送给囚禁阿尼西姆的监狱看守一个茶杯的银托子,珐琅上刻着字:"灵魂知分寸"。另外他还送了一个长的小匙子。

"没有人替我们张罗一下,没有人替我们好好张罗一下,"瓦尔瓦拉说,"唉,啧啧……你应当去求一位老爷给主要的长官写封信才好……至少可以让他交保释放嘛!……何必折磨那小伙子呢?"

她也难过,可是长得更胖更白了。她照旧点亮自己屋子里圣像前面的油灯,监督着把家里收拾得干干净净,用果酱和苹果软糕招待宾客。聋子和阿克西尼娅在铺子里做生意。一个新的事业开始了,那就是布

农　民　集

乔基诺的砖厂。阿克西尼娅差不多天天坐着马车上那儿去。她亲自赶车,每逢遇见熟人,总是伸出脖子去,活像嫩黑麦中间的一条蛇,天真而谜样地笑着。丽巴在大斋以前生了个娃娃,现在老是逗着娃娃玩。那是个一丁点大的、瘦瘦的、可怜样的小娃娃,奇怪的是他居然会哭,会看,居然算是一个人,甚至起了个名字叫尼基福尔。他躺在摇篮里。丽巴走开,到门口去,然后向他鞠躬,说:

"您好啊,尼基福尔·阿尼西梅奇!"

然后她连忙跑到他身边去吻他。后来她又走到门口去,鞠躬,说:

"您好啊,尼基福尔·阿尼西梅奇!"

他呢,踢蹬着他那两条小小的红腿。他的哭声跟笑声混在一起,跟木匠叶利扎罗夫一样。

临了,审判的日子确定了。齐布金提前五天动身赶去。随后,听说有些奉命作证的农民被传去了,他们的一个老工人也接到传票,动身赶去了。

审判是在星期四。可是星期日已经过去了,齐布金还没回来,一点消息也没有。到星期二将近黄昏,瓦尔瓦拉坐在敞开的窗口,听老头子回来没有。丽巴在隔壁房间里逗她的娃娃玩。她用双手托住他,往上颠他,欢欢喜喜地说:

"你将来会长得挺大,挺大!那你就会做农民,咱们一块儿出去打短工!咱们出去打短工!"

"得了,得了!"瓦尔瓦拉生气地说,"亏你想得出,要打什么短工,傻孩子!他将来要做商人的!……"

丽巴轻声唱着,可是过了一会儿就忘了,又开口说:

"你将来会长得挺大,挺大!那你就会做农民,咱们一块儿出去打短工。"

"瞧,她又说起来了!"

丽巴把尼基福尔抱在怀里,站在门口,问:

"妈妈,为什么我这么爱他?为什么我这么怜惜他?"她用发颤的声音接着说,她的眼睛含着泪水而发亮,"他是什么?他是怎么一个人?轻得跟一小片羽毛一样,跟一小块面包一样,可是我爱他,把他当做真正的人一样的爱他。对,他什么事也不会做,话也不会说,可是我凭他的小眼睛完全明白他要什么东西。"

瓦尔瓦拉竖起了耳朵:晚班车到达火车站的响声传到了她这儿。老头子来了吗?她不再听丽巴讲话,也没弄明白丽巴说了些什么,她更没理会时间怎样过去,光是周身发抖,这倒不是因为害怕,而是出于强烈的好奇心。她看见一辆大车装满农民,辘辘响着,很快地滚过门前。那是从火车站回来的证人。大车经过小铺的时候,老工人跳下车,走进了院子。她听见院子里有人招呼他,问他话……

"判决褫夺公权,"他大声说,"流放西伯利亚,判处六年苦役。"

她看见阿克西尼娅从小铺后门走出来,她本来在卖煤油,一只手拿着一个瓶子,一只手拿着一个漏斗,嘴里衔着几枚银币。

"公公在哪儿?"她咬字不清地问。

"在火车站,"工人回答,"'过一会儿,等到天黑一点,'他说,'我再回去。'"

等到全家都知道阿尼西姆被判了苦役,厨娘就在厨房里忽然哭起来,就跟死了人似的,她自以为这样才合乎礼节的要求:

"阿尼西姆·格里戈雷奇啊,漂亮的小鹰啊,你这一走不要紧,撇下我们有谁来管哟……"

那些狗惊恐地叫起来。瓦尔瓦拉跑到窗口,忧愁地走来走去,用尽气力提高嗓音,吆喝厨娘:

"闭嘴,斯捷潘尼达,闭嘴!看在基督分上,别折磨我们!"

她们忘了烧茶炊,什么也顾不上了。只有丽巴闹不清这是怎么回事,仍旧把全副心思都用在娃娃身上。

临到老头子从火车站回来,她们都没再问他什么话。他跟她们打过招呼,就一言不发地在各房间里走进走出,他没吃晚饭。

农 民 集

"没有人出来张罗一下嘛……"瓦尔瓦拉等到房间里只剩他俩的时候,说,"我早就说过你应该去请托一位老爷才对,当时你却不肯听……应该递一份呈文上去……"

"我想过办法的!"老头子摆一摆手说,"阿尼西姆判罪以后,我去找那位替他辩护的先生。'现在没法子了,'他说,'时机太迟了。'阿尼西姆自己也这样说,时候太迟了。不过我走出法庭以后,仍旧请了个律师,而且给了他一笔定钱。我等一个星期再上那儿去。这要托上帝的福了。"

老头子又一声不响地走遍各房间。等到他回到瓦尔瓦拉身边来,他说:

"我一定病了。我的脑袋有点……迷迷糊糊。我的思想乱了。"

他关上门,免得让丽巴听见,接着轻声说:

"我担心钱。你还记得阿尼西姆在结婚以前,就是复活节后第一个星期里,给我一些新卢布和半卢布的银币吗？当时我把一部分钱收在一个包里藏起来，可是另外的钱我却拿来掺混在自己的钱里了……当初我叔父德米特里·菲拉狄奇——祝他到了天国——在世的时候,常到莫斯科或者克里木去办货。他有一个妻子,这妻子趁他像我所说的那样出去办货,常常勾搭别的男人。他们有六个孩子。叔叔一喝醉酒,就笑着说:'我怎么也分不清哪个是我的孩子,哪个是别人的孩子。'你看,这种脾气称得起是马马虎虎。我呢,现在也就是这样分不清我的钱哪些是真的,哪些是假的。在我眼里,它们好像全是假的。"

"别胡说了,求上帝保佑你!"

"我在火车站买票,付了三卢布,心想别是假钱吧。我害怕。我一定是病了。"

"这是不消说的,我们都在上帝的手心里……唉,啧啧……"瓦尔瓦拉说,她摇摇头,"这倒也应当想一想,彼得罗维奇……保不住会出什么事,你到底不是青年人了。你会去世的,总要想法在你去世以后不要让人欺侮你的孙子才好。啊,我真担心他们会亏待尼基福尔,欺负他!他只好算是没有爹了,他母亲又年轻,傻头傻脑……你应当给那可怜的小男孩留下一点什么才好,至少把布乔基诺那块地给他吧,真的,彼得罗维奇!你想一想吧!"瓦尔瓦拉接着劝他,"那孩子挺好看,而又可怜!明天你出门一趟,立个遗嘱吧。何必再拖呢?"

"我把孙子也忘了……"齐布金说,"我得去看一看他。那么你是说孩子长得挺好?嗯,好,让他长大吧。求上帝保佑!"

他开了门,弯起手指头,招呼丽巴过来。丽巴就抱着娃娃走到他面前来了。

"要是你需用什么,丽宾卡,你开口好了,"他说,"想吃什么就尽管吃,我们绝不吝惜,只要你身强力壮就好……"他在娃娃胸前画十字,"好好照应我的孙子。我儿子不在了,不过总算留下了一个孙子。"

眼泪滚下他的面颊,他抽抽搭搭地哭了,走开了。

过一会儿,他上了床,在一连七夜没睡好以后,他沉酣地睡着了。

七

老头子进城去略略盘桓了一阵。有人告诉阿克西尼娅说他进城是到公证人那儿去立遗嘱的,说他已经把布乔基诺留给他孙子尼基福尔了,而那就是她烧砖的地方。她得到这个消息是在早晨,那时候老头子和瓦尔瓦拉正坐在门廊附近一棵桦树底下喝茶。她就关上铺子的正门和后门,检齐她所带的一切钥匙,使劲往老头子的脚旁边一扔。

"我再也不给你们干活了!"她大声嚷着说,忽然放声痛哭,"看起来,我不是你们的儿媳妇,而是工人!大家都在讪笑我说:'瞧啊,齐布金家找了个多好的女工!'我可不是你们雇来的!我既不是叫花子,也不是无家可归的婊子,我有爹有娘。"

她没有擦她的眼泪,却睁着含满泪水的眼睛盯紧老头子,她的眼光凶恶,气得发斜。她的脸和脖子一齐涨红,绷得很紧,因为她用足了气力嚷叫。

"我不愿意再给你们卖力气了!"她接着说,"我累死了!讲到干活儿,讲到成天价坐在店里,讲到深更半夜偷偷出去私运白酒,那就都该我做,可是讲到分地,却分给那苦役犯的老婆和她的小鬼!她是这儿的女主人,太太,我成了她的女用人!那就索性把样样东西都给她,这囚犯老婆,让她活活噎死才好,我呢,回家去!你们另外去找傻瓜来吧,你们这些该死的强盗!"

老头子生平从没骂过或者责罚过他的子女,甚至从没想到过他家里的人会对他说粗鲁的话,或者做出不恭敬的举动。这时候他怕得很,就跑进房去,躲在立柜后面。瓦尔瓦拉慌得什么似的,站也站不起来,光是挥动两只手,倒好像在赶走蜜蜂,免得螫着自己似的。

"啊,圣徒!这是什么意思啊?"她害怕地嘟哝着,"她在嚷什么呀?唉,啧啧……人家都听见了!小点声吧……唉,小点声吧!"

"你们既然把布乔基诺给苦役犯的老婆,"阿克西尼娅接着咆哮道,"那现在索性把样样东西都给她就是,你们的东西我一样也不要!滚你妈的蛋!你们这儿的人是一帮土匪!我看得够了,我看得不要看了!你们讹诈来往的行人,坐车的乘客,不管老的还是少的,你们一律讹诈,这群土匪!是谁没有领执照就卖酒?还有假钱呢?你们的箱子里装满了假钱,所以现在再也用不着我了!"

这时候敞开的门口已经聚集了一群人,往院子里瞧。

"随人家来看吧!"阿克西尼娅嚷道,"我要让你们丢尽了脸!我要叫你们让羞耻活活地烧死!我要叫你们趴在我脚跟前求我!喂!斯捷潘!"她招呼聋子,"咱们马上回家去!咱们去找我爹,去找我妈,我不要跟囚犯们住在一块儿!收拾一下就走!"

当院的几根绳子上晾着衣服,她一把拉下她那些

农　民　集

仍旧湿着的裙子和短上衣,丢在聋子的胳臂上。随后,她大发脾气,在院子里那些晾着的内衣旁边跑来跑去,把所有不是她的衣服都扯下来,丢在地上,拿脚踩脏。

"哎呀,圣徒啊,拦住她吧!"瓦尔瓦拉哀叫着,"她是个什么样的人啊?把布乔基诺给她吧!为了基督的缘故,给她吧!"

"嘿!好一个娘儿们!"门口有人说,"居然有这样的娘儿们!她撒泼好厉害!"

阿克西尼娅跑进厨房,那儿正在洗衣服。只有丽巴一个人在洗,厨娘到河边用清水过衣服去了。洗衣槽里和炉子旁边的锅里冒着热气。厨房里闷热,由于弥漫着水气而发暗。地板上还放着一堆没洗过的衣服,尼基福尔躺在这堆衣服旁边的一个凳子上,踢蹬着他那两条小小的红腿,这样即使摔下来,也摔不坏。阿克西尼娅走进来的时候,丽巴正巧从那堆衣服里拿出阿克西尼娅的衬衣放进洗衣槽里,已经伸出手去拿桌子上摆着的一个盛满开水的大水勺……

"拿过来!"阿克西尼娅说,仇恨地瞧着她,从洗衣槽里抽出衬衣来,"不准你碰一碰我的衬衣!你是囚犯的老婆,应当识相点,应当知道你自己是什么东西!"

丽巴呆呆地瞧着她,吓慌了,一点也不懂,可是她忽然瞅见阿克西尼娅落到小孩子身上的眼光,就明白过来,周身僵住了……

"你夺去了我的地,那我就给你点厉害看看!"

说罢,阿克西尼娅就抓起那个装满开水的大水勺,往尼基福尔身上一泼。

这以后,厨房里发出乌克列耶沃人从没听见过的一声尖叫,谁也不相信像丽巴那样一个又弱又小的人儿会发出这样的叫声。院子里忽然静下来。阿克西尼娅默默地走进正房,唇边带着她平素那种天真的笑容……聋子不断地在院子里走来走去,怀里抱满了衬衣,然后他一言不发,不慌不忙地重又把一件件衣服挂起来。在厨娘没从河边回来以前,谁也不敢走进厨房去看一看出了什么事。

八

尼基福尔给送到地方自治局的医院里去,将近黄昏,他在医院里死了。丽巴不等到人家来接她,就用小被子包起尸首,带回家去了。

这医院是新的,不久以前才造起来,安着大窗子,高高地立在一座山上,在夕阳里整个房子发亮,看上去好像里面着了火似的。山下有一个村子。丽巴顺着大路走下坡去,还没走到村子,就在一个小池塘旁边坐下来。有一个女人牵着一匹马来饮水,马却不肯喝。

"你还要怎么样呢?"女人轻声对马说,没了主意,"你还要怎么样呢?"

一个穿着红衬衫的男孩坐在水边上,洗他父亲的靴子。此外,村里也好,山上也好,一个人影也看不见了。

"它不喝……"丽巴瞧着那马说。

后来,女人牵着马,男孩拿着靴子,都走了。一个人也看不见了。太阳睡了,盖上金黄和火红的锦缎。长条的云,红的,紫的,铺满天空,保卫着太阳的安宁。远处不知什么地方有一只大麻鸦在叫,声音哀伤而低沉,好像一条母牛关在板棚里的叫声一样。这种神秘的鸟的叫声每年春天都听得见,可是谁也不知道它长的是什么样子,住在什么地方。在山顶上医院旁边,在池塘附近灌木丛中,在村子后边,在田野四处,夜莺嘹亮地啼叫着。杜鹃数着什么人的年纪,数啊数地就数乱了,又从头数起。池塘里那些青蛙愤愤地互相招呼,拼命地叫,人甚至听得清那些话:"你就是这种东西!你就是这种东西!"好热闹啊!这些生物这么唱啊嚷的,仿佛是故意要在这春夜吵得谁也睡不着觉,好让大家,就连气愤的青蛙也包括在内,爱惜而且享受每一分钟。要知道生命只有一次啊。

一个银白的半月在天空照耀,星星很多。丽巴没理会自己在池塘旁边坐了多久,可是等到她站起来,往前走,村子里的人却已经全都睡着,一个灯亮也没有了。大概还有十二俄里才能走到家,可是她的气力差了,也没法动脑筋去想该怎样走了。月亮时而在前面照耀,时而在右边照耀。那只杜鹃仍旧不断地叫唤,嗓子已经叫哑,而且带一点笑音,仿佛在嘲弄她:"喂,注意啊,你要迷路了!"丽巴加紧步子走去,头巾从脑袋上掉了……她瞧着天空,心想:现在她孩子的灵魂在哪儿呢?它究竟在跟着她走呢,还是高高地在繁星中间飘荡,不再想到他母亲了?啊,夜里在旷野上走路是多么孤单啊,特别是听着四周的歌声自己却唱不出来,夹在不断的欢呼中自己却高兴不起来,而且那月亮,不管时令是春天还是冬天,不管人活着还是死了,都不在心上,也孤单地从天空看着下界……心里痛苦的时候,没有人做伴是难受的。要是她母亲普拉斯科维娅,或者"拐杖",或者厨娘,或者一个农民来陪陪她就好了!

"布——布!"大麻鸦叫道,"布——布!"

忽然清清楚楚地传来人的说话声:

"套车,瓦维拉!"

在她前面,道路旁边,烧着一堆篝火:它已经没有火苗,只剩下一堆红炭在发亮了。她可以听见马在嚼草。黑暗中显出两辆大车的轮廓,一辆车上有一个大桶,另一辆比较矮的大车上有些麻袋。另外还显出两个人影,一个牵着一匹马去套车,一个呆呆不动地站在火边,手抄在背后。有一只狗在车子附近叫起来。那个牵着马的人就站住,说:

"好像有人顺大路走过来了。"

"沙利克,不准叫!"另一个人吆喝狗。

这另一个人从声调听得出是个老人。丽巴站住,说:

"求上帝保佑你!"

老人走到她面前,停了一停才回答说:

"你好!"

"你们的狗不咬人吧,老爷爷?"

农 民 集

"不咬,走吧。它不会碰你的。"

"我本来在医院里,"丽巴沉默了一阵说,"我的小儿子在那儿死了。现在我把他带回家去。"

老人听了这些话,大概觉着不痛快,因为他走开了,匆匆地说:

"这也没关系,我的好人儿。这是上帝的旨意。你别磨蹭啊,小伙子!"他对他的旅伴说,"你打起精神来!"

"你的套包子没有了,"青年说,"我看不见。"

"瓦维拉,拿你简直没法办!"

老人拾起一小块炭,对它吹口气,它只照亮了他的鼻子和眼睛。后来,他们找到了套包子,他就带着那点亮光走到丽巴跟前,瞧她一眼,他的眼光流露了怜悯和温柔。

"你做娘了,"他说,"凡是做娘的都舍不得自己的孩子。"

他说完,叹口气,摇摇头。瓦维拉往火上丢了点东西,把火踩熄,四周立刻很黑了。眼前的景象消失了。跟先前一样,只有田野、星罗棋布的天空、鸟儿那种吵得彼此睡不着觉的鸣叫。听起来倒好像秧鸡就在烧篝火的那地方鸣叫似的。

可是过了一分钟,那两辆车子、老人、高高的瓦维拉,又可以看清楚了。车子上了路,吱吱嘎嘎地响着。

"你们是侍奉神的人吧?"丽巴问老人。

"不是的。我们是菲尔萨诺沃的人。"

"刚才你瞧我一眼,我的心就松动了。那小伙子也挺斯文。我当你们一定是侍奉神的人呢。"

"你要上很远的地方去吗?"

"到乌克列耶沃去。"

"上车吧,我们把你送到库兹敏基。到了那儿你就照直往前走,我们就往左拐弯了。"

瓦维拉坐上那辆载着桶子的大车,老头子和丽巴坐上另外一辆。车子慢腾腾地走着,瓦维拉的车子在前面。

农 民 集

"我的小儿子受了一天的罪,"丽巴说,"他睁着一对小眼睛瞧我,什么话也没说。他想要说话,可又不会说。上帝啊!天上的圣母!我难受得老是倒在地上。我站啊站的,就倒在床旁边了。告诉我,老爷爷,为什么一个小小的孩子临死以前要受那么大的苦?大人,男的也好,女的也好,受过了苦,犯的罪就得到了宽恕,可是一个小孩子,没犯过什么罪,为什么也要受苦呢?为什么呢?"

"谁知道呢!"老人回答。

他们坐着车默默地过了半个钟头。

"人总不能样样事情都知道:怎么样啦,为什么啦,"老人说,"鸟儿注定了不生四个翅膀,只生两个,因为有两个翅膀也就能飞了。所以人也注定了不能样样事情都知道,只能知道一半或者一半的一半。人为了生活该当知道多少,就知道多少。"

"我还是走路轻松一点,老爷爷。此刻我的心抖得什么似的。"

"不要紧,坐着吧。"

老人打个呵欠,在嘴上画十字。

"不要紧……"他又说一遍,"你的苦恼还算不得顶厉害的苦恼。人寿是长的,往后还会有好日子,有坏日子,什么事都会来的。俄罗斯母亲真大呀!"他说,往左右两边看了一看,"我走遍了俄罗斯,什么都见识过,你相信我的话吧,好孩子。将来还会有好日子,也会有坏日子的。早先,我走着到西伯利亚去,到过黑龙江,到过阿尔泰山,在西伯利亚住过,在那儿垦过地,后来想念俄罗斯母亲,就回到家乡来了。我们走着回到俄罗斯来,我记得我们有一回坐渡船,我啊,要多瘦有多瘦,穿得破破烂烂,光着脚,冻得发僵,啃着面包皮。渡船上有一位过路的老爷——要是他下世了,那就祝他升天堂——怜恤地瞧着我,流下了眼泪。'唉,'他说,'你的面包是黑的,你的日子也是黑的……'等我到了家,正好应了那句俗话:家徒四壁。我有过老婆,可是我把她留在西伯利亚,她葬在那儿了。所以我就做长工过日子。你猜怎么样?我告诉你吧:打那时候起,我过过坏日子,可也过过好日子。眼下,我却还不想死,好孩子,我还想再活上二十年呢。这样说来,还是好日子多。我们的俄罗斯母亲真大哟!"他说,又瞧了瞧两边,还回头看了一眼。

"老爷爷,"丽巴问,"人死了,他的灵魂在人世间还要飘荡多少天?"

"谁知道呢!这得问问瓦维拉,他上过学。眼下,学校里什么都教。瓦维拉!"老人招呼他。

"啊!"

"瓦维拉,人死了,他的灵魂在人世上还要待多少天啊?"

瓦维拉勒住马,等到马站住才答话:

"九天。我叔叔基里拉死后,他的灵魂在我们的木房里还活了十三天呢。"

"你怎么知道?"

"炉子里一连十三天有敲敲打打的声音嘛。"

"哦,行了。走吧。"老人说。看得出来,他一点也不相信那些话。

走到库兹敏基附近,大车拐弯,上了大道,丽巴就照直走下去。这时候天已经亮了。她走下坡,进了峡谷,乌克列耶沃的农舍和教堂蒙在雾里。天气很冷,她觉着仿佛那只杜鹃还在叫似的。

丽巴回到家的时候,牲口还没放出来,大家都在睡觉。她就在门廊上坐下,等着。第一个走出来的是老头子,他只瞧了她一眼就立刻明白出了什么事,好久说不出话来,光是吧嗒嘴唇。

"唉,丽巴,"他说,"你没保护好我的孙子……"

瓦尔瓦拉给叫醒了。她举起两只手合起来一拍,痛哭起来。她立刻动手装殓尸首。

"他是个挺好看的娃娃……"她说,"唉,啧啧……你只有一个孩子,可是就连这一个孩子也没保护好,你这蠢东西……"

早晨做了安灵祭,傍晚又做一回。第二天下葬。

农　民　集

举行葬礼以后客人们和神甫们吃了许多东西,狼吞虎咽,仿佛许久没吃过东西了。丽巴伺候他们吃饭,神甫举起一把叉着腌蘑菇的叉子,对她说:

"不用为娃娃伤心。这样的娃娃总要上天堂的。"

直到大家告辞以后,丽巴才真切地体会到现在尼基福尔已经不在,而且再也不会活回来了。她明白过来,就痛哭不止。而且,她不知道跑到哪个房间里去哭才好,因为她觉着孩子一死,这所房子里已经没有她待的地方,她没有理由再在这儿待下去,她变成一个多余的人了,而且别人也有这样的感觉。

"喂,你嚎什么?"阿克西尼娅忽然在门口出现,大叫一声,为了参加葬礼,她穿得一身新,脸上扑了粉,"闭嘴!"

丽巴想止住哭,可又止不住,反而哭得更响了。

"你听见没有?"阿克西尼娅嚷道,大发雷霆地顿脚,"我在跟谁讲话?滚出这所房子去,从此不准再上门,你这苦役犯的老婆!滚出去!"

"算了,算了,算了!……"老头子慌慌张张地说,"阿克秀霞,小点声,我的好人……她哭,这也是人情之常……她的孩子死了……"

"人情之常……"阿克西尼娅学着他的话说,"姑且让她在这儿住一夜,明天可别让我再看见她的人影!人情之常!……"她又学着他的话说,笑呵呵地,往小铺那边走去。

第二天一清早丽巴就回到托尔古耶沃村她母亲的家里去了。

九

现在小铺的房顶和前门涂过油漆,明晃晃的,就跟新的一样,窗子里照旧开着鲜艳的天竺葵。三年以前在齐布金家里和院子里出过的事,差不多给人忘光了。

老头子格里戈里·彼得罗维奇仍旧跟往常一样算是主人,不过实际上一切事情全由阿克西尼娅掌管了。

她买东西,卖东西。不管什么事,不得她的同意就办不成。砖厂经营得挺好。由于修铁路需用砖,砖价已经涨到二十四卢布一千块了。村妇和村姑用大车把砖运到火车站上,装进火车,做这样的活儿,一天赚四分之一卢布。

阿克西尼娅跟赫雷明家年轻的一辈人搭伙经营,他们的工厂现在叫做赫雷明兄弟公司了。他们在火车站附近开了一家饭铺,那个贵重的手风琴已经不是在工厂里,而是在这个饭铺里奏乐了。邮政局长也在做一种什么生意,常常到饭铺去。火车站站长也一样。赫雷明家年轻一辈人送给聋子斯捷潘一个金表,他常从衣袋里拿出那个表,放到耳朵旁边听一听。

村里人谈到阿克西尼娅,都说她有很大势力。不错,每逢她早晨坐上马车到自己的砖厂去,脸上挂着大真的笑容,漂亮,幸福,以及后来到了砖厂,在那儿发命令,人都会感到她有很大势力。家里也好,村里也好,砖厂里也好,人人都怕她。遇到她上邮政局去,邮政局

长总是很快地站起来,对她说:

"请您赏光坐一坐,克谢尼娅·阿勃拉莫芙娜!"

有一回有个上了岁数、可是装束时髦的地主,穿一件细呢料的长外衣和一双高筒的漆皮靴,卖给她一匹马,跟她谈来谈去,谈得入了迷,竟迎合她的心意,压低价钱对她让步了。他跟她握了很久的手,瞧着她那快活、狡猾、天真的眼睛,说:

"为了您这样的女人,克谢尼娅·阿勃拉莫芙娜,随您喜欢什么,我都愿意照办。不过,请您说一声:什么时候我们才可以单独相会,没人来打搅我们?"

"那随您的便,什么时候都行!"

这以后,那个上了岁数的花花公子差不多天天坐着车到小铺来喝啤酒。啤酒挺难喝,苦得跟艾草一样。地主摇头,可是仍旧喝下去了。

老齐布金已经不管生意上的事。他身边不带钱了,因为他怎么也分不清真钱和假钱,可是他一声不响,绝不对任何人提到这个弱点。不知怎的他变得健忘了，要是人家不给他东西吃，他也不要。他们已经惯了，吃饭时候总不记得找他。瓦尔瓦拉常常说：

"昨天我们那口子又没吃东西就上床睡了。"

她满不在乎地说这句话，因为她也惯了。不知什么缘故，不论冬夏，他总穿一件皮大衣，只有遇到很热的天气才不出门，坐在家里。他照例穿着那件皮大衣，裹得严严的，竖起衣领，在村子里溜溜达达，顺着大路到火车站去散步，或者从早到晚坐在教堂门口附近的长凳上。他坐在那儿一动也不动。行人向他鞠躬，可是他不理，因为他跟先前一样，仍旧不喜欢农民。要是人家问他话，他总是合情合理、客客气气地回答，不过答话很简单。

村子里传播着一种流言，说是他的儿媳妇把他从自己家里赶出来了，不给他东西吃，说是他靠施舍活着。有人听了高兴，有人替他难过。

瓦尔瓦拉长得越发胖，皮肤也越发白了。她仍旧在做好事，阿克西尼娅也不来过问。现在，果酱多得很,他们来不及吃完,新果子就又收下来了。果酱凝成糖块,瓦尔瓦拉不知道拿它怎么办才好,差点哭出来。

大家已经开始忘记阿尼西姆。有一天他写了一封信来,是用韵文写成的,用的是大张的纸,仿佛呈文一样,而且写的仍旧是先前那一笔好字。显然他的朋友萨莫罗多夫跟他在一块儿服刑。那些诗句下面,有一行字却是用难看的、几乎认不清的笔迹写出来的:"我在这儿一直害病,我很痛苦,看在上帝分上帮帮我。"

有一回,那是秋天一个晴朗的日子,将近黄昏,老齐布金坐在教堂大门附近,竖起皮大衣的衣领,只有鼻子和帽檐还看得清。这条长凳的另一头坐着包工头叶利扎罗夫,跟他并排坐着的是学校看守人亚科夫,他是一个脱了牙齿、大约七十岁的老头儿。"拐杖"和看守人正在聊天。

"孩子应当养活老人,供老人吃喝……孝敬爹娘,"亚科夫有气地说,"她呢,一个做儿媳妇的却把公公从自己家里撵出来了。老头子没吃没喝,上哪儿去好呢?他三天没吃东西了。"

"一连三天啊!""拐杖"吃惊地说。

"他就这么坐着,老是一句话也不说。他已经变得衰弱了。何必闷声不响呢?告她一状就是,反正法院也不会夸奖她。"

"法院夸奖谁?""拐杖"没听清,问道。

"什么?"

"那娘儿们不错,她也算卖力气了。干他们那行生意,不那么办就不行……我是说,不能不犯罪……"

"他打自己的家里给撵出来了,"亚科夫接着气愤地说,"你得自己挣下钱,买下房子,然后才能撵人啊!嘿,你想想看,真有这样的女人!简直是瘟疫嘛!"

齐布金听着,一动也没动。

"不管是自己的房子也好,别人的房子也好,只要暖和,娘儿们不骂人,那就都是一样……""拐杖"说,他笑起来,"我年轻时候,很疼我的娜斯达霞。她是个文文静静的小女人。那当儿她老爱说:'买所房子吧,马卡雷奇！买所房子吧,马卡雷奇！买匹马吧,马卡雷奇！'她临死,还一个劲儿地说:'你买一辆快马马车吧,马卡雷奇,免得自己走路。'我呢,什么也没给她买,只给她买过蜜糖饼干。"

"她的丈夫又聋又笨,"亚科夫接着说,没听"拐杖"的话,"十足的傻瓜,活像一只笨鹅。他能懂什么?拿根棍子照准鹅脑袋兜头打下去,它也还是不会懂啊。"

"拐杖"站起来,要回到工厂的家里去了。亚科夫也站起来,两个人一块儿走,边走边谈。等他们走出大约五十步去,老齐布金也站起来,跟着他们勉强地走,他迈步不稳,倒好像在光滑的冰上走路似的。

村子已经笼罩在薄暮的昏暗里,那条大路蜿蜒地爬上坡去,好比一条蛇,太阳只照到大路的上半部了。老太婆们从树林里回来,身边带着小孩子。她们提着装满片状蕈和乳蘑的篮子。村妇和村姑成群地从火车站回来,她们已经在那儿把砖装进车厢了。她们的鼻子和眼睛底下的脸颊布满红色的砖末。她们在唱歌。领头走着的是丽巴,眼睛望着天空,用尖细的嗓音唱着,声音发颤,仿佛在得意,在高兴:谢天谢地,白天总算过去,可以休息了。她母亲,做短工的普拉斯科维娅,也夹在人群里,抱着一个包袱走着,跟往常一样,一边走一边喘气。

"你好,马卡雷奇!"丽巴一看见"拐杖",就说,"你好,亲爱的!"

"你好,丽宾卡!""拐杖"叫道,挺高兴,"姑娘们,娘儿们,爱这个阔绰的木匠吧!哈哈!我的孩子们,孩子们!('拐杖'鼻子一酸,哭出来了。)我亲爱的小斧子!"

"拐杖"和亚科夫往前走去,可以听见他们在谈话。他们走后,人群遇见了老齐布金,大家忽然静下来。丽巴和普拉斯科维娅稍稍落在大家的后面。等到老头子跟她们走到并排,丽巴就深深地一鞠躬,说:

"您好,格里戈里·彼得罗维奇!"

她母亲也鞠躬。老头儿站住,没说话,瞧着她俩。他的嘴唇抖动,眼睛里满是泪水。丽巴从母亲的包袱里拿出一块荞麦面馅饼,递给他。他接过去,吃起来。

太阳已经完全落下去:大路的上半部的阳光也消失了。天黑下来,凉下来了。丽巴和普拉斯科维娅往前走去,她们在自己胸前画了很久的十字。

古 塞 夫

一

天色已经昏黑,不久夜晚就要来了。

古塞夫,一个无限期休假的士兵,在吊床上欠起身子,低声说:

"你在听我说话吗,巴威尔·伊凡内奇?在苏城①,有一个兵告诉我,说是他们的船在路上撞着一条

---

① 苏联滨海边疆区城市游击队城的旧称。

大鱼,船底给撞破了一个窟窿。"

他讲话的对象是一个身份不明的人,船上诊疗所里的人都叫他巴威尔·伊凡内奇,这时候他沉默不语,仿佛什么也没听见。

寂静又来了。……风戏弄缆绳,螺旋桨轰轰地响,浪头哗哗地溅开,吊床吱吱作声,然而人们的耳朵早已听惯这些声音,似乎四下里一切都在沉睡,没有一点声音。这使人心里烦闷。那三个病人(两个兵和一个水手)打了一整天纸牌,这时候已经睡熟,在说梦话了。

船好像摇晃起来。古塞夫身子底下的吊床慢慢地升起,又落下,仿佛在叹气。它照这样起落一次,又一次,再一次。……有一个什么东西碰在地板上,当的一响,多半是带把的杯子掉在地上了。

"这是风挣脱了链子……"古塞夫仔细听着,说。

这一回巴威尔·伊凡内奇咳嗽着,生气地回答说:

"你一会儿说船撞上一条鱼,一会儿又说风挣脱了链子。……难道风是野兽,能挣脱链子?"

农　民　集

"基督徒都是这么说的。"

"那些基督徒都跟你一样,是些无知无识的人。……他们说的废话还嫌少吗?人的肩膀上总得有个脑袋,遇事动一动脑筋才是。你简直是个糊涂虫。"

巴威尔·伊凡内奇患晕船病。每逢船身摇晃,他照例会生气,一丁点的小事也会惹得他动怒。可是依古塞夫看来,压根儿就没有什么值得生气的事情。比方说,那条鱼或者挣脱链子的风,这有什么奇怪或者难懂的呢?我们不妨假定有的鱼确实跟山那么大,它的背跟鲟鱼的背一样硬。我们也不妨假定那边,在世界的尽头,立着很厚的石墙,凶恶的风给人用链子锁在墙上了。……如果它不是挣脱了链子,那为什么发疯似的在整个海面上东奔西跑,跟狗那样急着逃掉呢?要是平时它不是用链子锁着,那么风平浪静的时候,它在哪儿呢?

古塞夫久久地想着那条跟山一般大的鱼,想着那些生了铁锈的粗链子,随后他觉得心里闷得慌,就开始思念他的故乡：他在远东服役五年以后，如今正在回到故乡去。……他不由得想起一个巨大的池塘，只是被雪封没了。……池塘这一边有个红砖色的瓷器工厂，立着很高的烟囱，冒出一股股像浮云似的黑烟；另一边是个村子。……从村子尽头数起第五家院子，哥哥阿历克塞坐着雪橇出来了，他身后坐着他的小儿子万卡，穿一双大毡靴，另外，还有他的小女儿阿库尔卡，也穿着毡靴。阿历克塞带着酒意，万卡在笑，阿库尔卡的脸却看不见，她上上下下都裹严了。

"说不定孩子们会冻坏呢……"古塞夫想。"上帝啊，"他小声说，"赐给他们脑筋吧，叫他们尊重父母，不要比父母精明才好。……"

"这儿需要新鞋掌，"那个害病的水手用低音讲梦话，"对了！对了！"

古塞夫的思路断了。池塘消失，忽然无缘无故地出现一个没有眼睛的牛头，马和雪橇也不再往前走，却在黑烟中转来转去。不过他仍然高兴，因为总算见到亲人了。欢快使他透不过气来,身上像有蚂蚁在爬,手指头发颤了。

"上帝保佑,总算能够见面了!"他说着梦话,然而立刻睁开眼睛,在黑暗里找水喝。

他喝过水,躺下来,雪橇就又驶动起来,随后又出现那个没有眼睛的牛头、那烟、那云……照这样一直闹到天亮。

二

起初,黑暗里现出一个蓝色的圆圈,那是小圆窗口。随后古塞夫渐渐开始看清他旁边吊床上的人巴威尔·伊凡内奇了。这个人坐着睡觉,因为他躺下去就气喘。他脸色灰白,鼻子又长又尖,眼睛由于他瘦得厉害而显得很大,两鬓凹进去,胡子稀疏,头发很长。……人瞧着他的脸,怎么也弄不明白他是什么身份:是老爷呢,商人呢,还是庄稼汉?凭他的神情和长头发来判断,他似乎是个持斋者,寺院里的见习修士,不过听他讲话,他又好像不是当修士的。他常常咳嗽,加上四周闷热,身上有病,因此筋疲力尽,呼吸急促,干焦的嘴唇微微颤动着。他看见古塞夫瞧他,就向他转过脸去,说:

"我渐渐看透了。……是的。……我现在全都明白了。……"

"您明白什么,巴威尔·伊凡内奇?"

"喏,是这么回事。……我一直觉得奇怪:你们这些重病人为什么非但不能安安静静养病,反而给送到轮船上来,让闷热、溽暑、颠簸,总之,让一切东西活活逼死?不过现在,我全明白了。……对了。……你们的医生把你们送到轮船上来,是要甩掉你们。他们为你们,为你们这班畜生,忙得厌烦了。……你们又不给他们钱,他们为你们空忙一阵,你们一死,可就把他们的统计表弄得不像样子了。可见,你们只能算是畜生!不过,要丢开你们也并不难。……要做到这一点,只要第一,昧着良心,不讲人道,第二,瞒过船上的管理人员。头一个条件简直不用操心,在这方面我们都是行家,至于第二个条件,只是略略做一点手脚,总可以办到。由四百个健康的兵和水手组成的一群人当中,夹带五个病人,那并不惹人注目。好,他们就把你们赶到轮船上来,叫你们夹在健康人当中,匆匆忙忙点一下数,在杂乱中什么马脚也没露出来。等到轮船开航,人们这才看见甲板上躺着一些瘫痪的人和肺痨病已经到了末期的人。……"

古塞夫没听明白巴威尔·伊凡内奇的话,以为在骂他,就替自己辩白说:

"先前我躺在甲板上,是因为我浑身没有力气。我们坐着驳船到这条轮船上来的时候,我身上冷得厉害。"

"真气人!"巴威尔·伊凡内奇接着说,"要知道,主要的是他们清楚地知道,你们经不起这种遥远的行程,却仍旧把你们送上船来!好吧,我们姑且假定,你们到得了印度洋,可是以后会怎样呢?想一想都可怕。……你们的服役是忠诚的,没犯一点过失,竟然得到这样的报答!"

巴威尔·伊凡内奇瞪起气愤的眼睛,厌恶得皱起眉头,喘着气说:

"巴不得有个人在报纸上痛骂一顿,闹得天翻地覆才好!"

两个有病的兵和那个有病的水手已经醒来,在打纸牌。水手在吊床上半躺半坐,两个兵坐在他旁边的地板上,姿势不舒服极了。有个兵右臂缠着绷带,手腕包得密密匝匝,他只好把牌塞在右面胳肢窝里,或者臂弯里,用左手出牌。船摇晃得厉害。谁都没法站起来,没法喝茶,也没法吃药。

"你是当勤务兵的吗?"巴威尔·伊凡内奇问古塞夫。

"对,当勤务兵。"

"我的上帝,我的上帝啊!"巴威尔·伊凡内奇说,伤心地摇头,"好端端的一个人从家里硬给拉出来,送到一万五千俄里以外,然后让他害上肺痨病完事,这……这都是为了什么,请问?就为了叫他给一个陆军上尉柯彼依金或者海军准尉迪尔卡当一名勤务兵。这究竟有什么道理!"

"这种活不难做,巴威尔·伊凡内奇。早晨起来后,把靴子擦亮,生好茶炊,收拾一下房间,然后就没有事情干了。那位中尉成天价画图纸,你要祷告上帝就管自祷告,你要看书就管自看书,你要上街就管自上街去走走。求上帝保佑人人都能过着这样的日子才好。"

"是啊,好得很呢!中尉绘图,你呢,成天价坐在厨房里,想念家乡。……图纸。……问题不在于图纸,而在于人的生命!生命是不能死了又活的,应该怜惜它才是。"

"这当然,巴威尔·伊凡内奇,一个坏人,不论在什么地方,在家里也好,在当兵的地方也好,总是不会有人怜惜的；不过，要是规规矩矩地过日子，服从命令，那么人家何必一定要给你气受呢？他们都是些受过教育的老爷，明白事理。……我在这五年当中没有关过一次禁闭。挨打呢，倒是挨过，让我想想，总共就这么一次。……"

"为什么事挨打呢？"

"因为我打了人。我出手重，巴威尔·伊凡内奇。有四个满洲人走进我们院子里来，他们送来柴禾什么的，我记不清了。喏，我心里正憋气，就动手狠狠地给了他们几下子。有个该死的家伙，让我打得鼻子出血了。……中尉在窗子里看见，生气了，就打了我一个耳光。"

"你是可怜的蠢人……"巴威尔·伊凡内奇小声说，"你什么也不懂。"

他给船身摇得筋疲力尽，就闭上了眼睛。他的头时而往后仰，时而耷拉在胸前。有好几回他想躺下去，可是白费劲，他喘得躺不住。

农 民 集

"你干吗打那四个满洲人?"他过一会儿问道。

"不为什么。他们走进院子,我就动手打他们。"

跟着是沉寂。……打牌的人玩了大约两个钟头,玩得挺上劲,互相叫骂着,然而颠簸却使得他们疲乏无力,他们就只得丢下纸牌,躺下了。古塞夫又幻想那个大池塘、工厂、村子。……雪橇又来了,万卡又笑,阿库尔卡那个傻丫头敞开皮袄,把脚伸出来,意思是说:您瞧,好人儿,我的毡靴可跟万卡的不一样呀,是新的。

"快满六岁了,还是这么没有脑筋!"古塞夫说梦话,"你别这么伸出脚来,还是给你这当兵的叔叔倒点水喝吧。我会送你一件礼物的。"

随后安德龙来了,肩膀上扛着一管火石枪,手里提着一只打死了的兔子,衰老的犹太人伊萨依契克跟在他的身后,打算用一块肥皂换他那只兔子。随后,有一头小黑牛闯进穿堂里来。过后,多木娜一边做衬衫,一边不知为什么在哭泣,然后又出现那个没有眼睛的牛头、黑烟……

上边,不知什么人在大声呼喊,有几个水手跑过去了,好像他们拖着一个笨重的东西走过甲板,或者有个什么东西发出咔嚓一响。于是又有些人跑过去。……莫非出了什么祸事?古塞夫抬起头来倾听,眼睛却看见那两个兵和那个水手又打起纸牌来了。巴威尔·伊凡内奇坐在那儿,嘴唇动个不停。天气闷热,没有力气呼吸,口渴,然而水是热的,又难于下咽。……船身依旧摇晃着。

忽然,有个打纸牌的兵出了一件怪事。……他把红桃叫成红方块,算不清账,把纸牌掉在地下,然后害怕地傻笑,眼睛环顾着众人。

"老兄,我马上要……"他说着,就倒在地上了。

大家都不明白。他们纷纷叫他,可是他没答话。

"斯捷潘,你大概觉得不舒服吧?啊?"另一个胳膊上缠着绷带的兵问道,"也许该请神甫来吧?啊?"

"你,斯捷潘,喝点水吧……"水手说,"喏,老兄,喝吧。"

"喂,你干吗拿杯子去撞他的牙?"古塞夫生气地说,"难道你没看出来,笨蛋?"

"看出什么?"

"什么?"古塞夫讥诮地重复他的话说,"他已经断了气,死了!还说'什么'!天下真有这么糊涂的人,上帝啊,我的天哪!……"

三

船身不摇了,巴威尔·伊凡内奇高兴起来。他不再生气了。他脸上现出夸耀、激昂、讥诮的神情。他仿佛想说:"是啊,我马上要对你们讲一件事,管保叫你们大家都笑破肚皮。"那个小圆窗子开了,温和的清风吹到巴威尔·伊凡内奇身上。外面传来说话的声音和船桨划水的声音。靠近小窗口,有个人用尖细难听的声音哀叫,多半是一个中国人在唱戏吧。

"是啊,我们现在来到碇泊场了,"巴威尔·伊凡内奇说,讥诮地微笑着,"再过上一个月光景,我们就到俄国了。嗯,是啊,可敬的丘八先生。等我到了敖德萨城,我就从那儿一直到哈尔科夫城去。在哈尔科夫城我有个朋友,是文学工作者。我到了他那儿就对他说:老兄,暂时丢开你那些无聊题材,别写女人的恋爱和大自然的美丽了。你该揭露两条腿的败类……这才是你该写的题材。……"

他想了一会儿,然后说:

"古塞夫,你知道我怎么蒙骗了他们吗?"

"蒙骗谁,巴威尔·伊凡内奇?"

"就是那些人啊。……你知道,这条轮船上只有头等舱和三等舱,而且他们只准农民,也就是粗人,坐三等舱。要是你穿着整整齐齐的上衣,哪怕远远看去像是老爷或者有钱人,那也非坐头等舱不可。任凭你怎么说,你也得拿出五百卢布来。我就问:为什么你们要定下这个规章?莫非你们想借此提高俄国知识分子的威信吗?'不对。我们不让您坐三等舱,只是因为

农　民　集

上流人没法待在三等舱,那儿太糟,太不像样了。'是吗?多谢你们为上流人这么操心。可是,不管怎么说,糟也罢,好也罢,五百个卢布我可没有。我既没贪污过公家的钱,也没搜刮过异族人①,又不干偷运私货的事,更没把人活活打死,那么请您想想看:我还有权利高坐在头等舱里,尤其是把自己看作俄国知识分子吗?不过,跟他们讲道理是讲不通的。……那就只好想办法蒙混。我就穿上农民式的厚呢长外衣和大靴子,装出一副土头土脑的醉相,走到轮船售票员跟前,说:'老爷,给咱一张票儿吧。……'"

"那么您是什么身份呢?"水手问。

"僧侣。我父亲是个正直的教士。他对达官贵人总是有话直说,为此吃过很多苦头。"

巴威尔·伊凡内奇讲得疲乏,喘气了,可是仍旧说下去:

---

① 19—20世纪初俄国对一些民族,尤其是对居住在哈萨克和西伯利亚的游牧民族的称谓。

"是啊,我总是对人有话直说。……我谁也不怕,什么也不怕。在这方面我和你们有很大的区别。你们是些无知无识、瞎了眼睛、受尽压制的人,你们什么也看不见,就是看见了也不明白。……人家对你们说,风挣脱了链子,你们是畜生,是佩彻涅格人①,你们就听信了。人家打你们的脖梗子,你们反倒吻他的手。一个穿着浣熊皮大衣的人抢去你们的钱,然后丢给你们一枚十五戈比的硬币算是赏钱,你们却说:'让我吻您的手,老爷。'你们都是贱民,可怜虫。……我就不同。我活着,头脑清楚,什么都看得见,好比一只鹰或者雕在大地的上空飞翔。我什么都明白。我是抗议的化身。我一看见专横跋扈就抗议,一看见假仁假义和伪君子就抗议,一看见得意扬扬的卑鄙小人就抗议。任什么东西也不能压倒我,就是西班牙宗教裁判所也堵不住我的嘴。对了。……就是割掉我的舌头,我也要

---

① 8—12世纪伏尔加河中下游左岸草原上的突厥部落和萨尔马舒部落联盟,在此借喻野蛮人。

农 民 集

比画着手势抗议,就是把我关进地窖,我也要在那儿大声喊叫,让一俄里以外的人都听得见;要不然,我就绝食而死,叫他们的黑良心多添点负担。就是杀了我,我也要变成鬼来显灵。所有的熟人都对我说:'您成了叫人受不了的人,巴威尔·伊凡内奇!'我为这样的名声自豪。我在远东工作过三年,可是我留下来的名声却会存一百年。我跟所有的人都吵过架。我的朋友们从俄国写信来说:'你不要回来。'我呢,不管三七二十一,偏要回去。……对了。……这就是生活,我明白。这才叫生活。"

古塞夫没有听他讲话,眼睛瞧着那个小窗口。在透明的、现出柔和的绿松石颜色的海面上,有一条木船摇摇晃晃,沉浸在耀眼的炎阳的亮光里。船上站着些赤身露体的中国人,举起装着金丝雀的鸟笼,喊道:

"它在唱,它在唱呢!"

另一条木船撞在这一条木船上。有一艘汽艇开过去了。随后又来了一条木船,上面坐着一个肥胖的中国人,拿着筷子吃米饭。海水懒洋洋地流动,白色的海鸥懒洋洋地在水上飘飞。

"要是能给这胖子一个脖儿拐才好……"古塞夫瞧着那个胖中国人暗想,打了个哈欠。

他昏昏睡去,觉得整个大自然也在昏睡。光阴跑得很快。白天不知不觉地过去,黑暗不知不觉地来临。……那条轮船不再停住不动,又往前朝某个地方驶去。

四

两天过去了。巴威尔·伊凡内奇不再坐着,已经躺下了。他的眼睛紧闭,鼻子好像更尖了。

"巴威尔·伊凡内奇!"古塞夫叫他,"喂,巴威尔·伊凡内奇!"

巴威尔·伊凡内奇睁开眼睛,动了动嘴唇。

"您不舒服吗?"

农　民　集

"没什么……"巴威尔·伊凡内奇回答说,不住地喘气,"没什么,甚至相反……好一点了。……你看,我已经能躺下来。……我感到轻松一点了。……"

"真要谢天谢地,巴威尔·伊凡内奇。"

"我拿自己跟你们比,我就怜惜你们……这些可怜虫。我的肺是健康的,咳嗽是因为肠胃出了毛病。……就连下地狱我也经得住,漫说去红海了!再说,我对我的病,对药品,都采取追根究底的态度。你们呢……你们却是些无知无识的人。……你们苦,很苦很苦哟!"

船身不摇了。风平浪静,然而船上又闷又热,跟澡堂里一样。不但说话困难,就连听人家讲话也不易。古塞夫抱住膝盖,把头枕在膝盖上,思念家乡。我的上帝啊,在这种闷热当中想念白雪和寒冷,那是多么畅快啊!人坐上一辆雪橇出门,忽然,不知什么缘故,那些马受了惊,狂奔起来。……它们不管大路,不管沟渠,不管峡谷,直冲过去,发疯般穿过村子,越过池塘,经过工厂,然后在旷野上奔驰。……"拉住马!"工厂里的人和路上相遇的人纷纷提高声音叫道。"拉住马!"可是何必拉住呢?让刺骨的寒风管自扑到脸上来,刺痛手,让马蹄扬起的一团团雪,管自掉到帽子上,顺着衣领落到脖子上、胸膛上,让雪橇的滑铁吱吱地尖叫,让马的套索和马轭都碎裂,叫它们见鬼去吧!等到雪橇翻了个儿,把你一下子扔进雪堆,脸陷进雪里,然后,你站起身来,周身发白,唇髭上挂着小冰柱,帽子不见了,手套没有了,腰带松开了,那是多么畅快啊。……人们哈哈大笑,狗汪汪地叫。……

巴威尔·伊凡内奇略微睁开一只眼睛,瞧着古塞夫,轻声问道:

"古塞夫,你的司令官贪污吗?"

"谁知道呢,巴威尔·伊凡内奇!我们可不知道,这事我们没法儿知道。"

然后,在沉默中过了许久。古塞夫沉思,说梦话,不时地起来喝水。他说话吃力,听话吃力,生怕人家找他说话。过了一个钟头,两个钟头,三个钟头,傍晚来了,然后夜晚来了,可是这些他都没注意,一直坐在那儿,思念严寒。

他听见仿佛有人走进诊疗所里来,人声嘈杂,可是过了五分钟,一切又归于沉寂了。

"祝他升天堂,永久安息,"胳膊上缠着绷带的兵说,"他是个心神不宁的人。

"什么?"古塞夫问,"谁?"

"他死了。刚才人家把他抬到上边去了。"

"哦,"古塞夫打着哈欠,嘟哝说,"祝他升天堂。"

"你觉得怎么样,古塞夫?"胳膊上缠着绷带的兵沉默一会儿,问道,"他会不会升天堂?"

"你说的是谁?"

"说的是巴威尔·伊凡内奇啊。"

"他会升天堂的……他吃过那么多的苦。还有一点,他出身教士家庭,教士的亲戚是很多的。经他们一祷告,他就升天堂了。"

那个胳膊上缠着绷带的兵在古塞夫的吊床上坐下,低声说:

"你呢,古塞夫,在人世也活不长了。你到不了俄国。"

"莫非大夫或者医士说过这话?"古塞夫问。

"倒不是有谁说过,这是看得出来的。……人快要死了,那是一眼就能看出来的。你不吃东西,不喝水,瘦下去,瞧着真吓人。一句话,这是痨病。我说这话不是要惹得你心乱,而是因为你也许打算领圣餐,受涂油礼。要是你身边有钱,该把它交给长官才是。"

"我没写信回家……"古塞夫叹道,"我死了,家里人还不知道呢。"

"他们会知道的,"有病的水手用男低音说,"你死后,这儿的人就会在值班日记上写一笔,到了敖德萨城照抄一份交给军事长官,军事长官再通知乡里或者其他什么地方。……"

谈过这番话后,古塞夫害怕了,有一种什么渴望开始折磨他。他喝口水,觉得不对头。他凑到小小的圆窗口,吸点潮湿的热空气,也不行。他极力想念家乡,想念严寒,还是不行。……最后,他觉得要是他在这个诊疗所里哪怕再待上一分钟,他也一定会死掉了事。

"这儿闷得很,老兄……"他说,"我要到上边去。看在基督分上,扶我上去吧。"

"行,"缠着绷带的兵同意道,"你走不动,我背着你去。你抱住我的脖子。"

古塞夫就搂住兵的脖子,兵用他那条健康的胳膊托着他,把他背上去。甲板上并排躺着一些无限期休假的兵和水手。他们人数那么多,弄得人很难从他们中间穿过去。

"你下来,站在地上,"缠着绷带的兵小声说,"悄悄跟着我走,拉住我的衬衫。……"

天色黑暗。甲板上也好,桅杆上也好,四周的海面上也好,一点灯火也没有。船头上站着一个哨兵,一动也不动,好比一尊塑像,看上去像是也睡着了。仿佛这条轮船已经由自己做主,要往哪儿开就往哪儿开了。

"现在他们要把巴威尔·伊凡内奇丢进海里了……"缠着绷带的兵说,"先装进一个布袋子,再丢进水里。"

"是的。这是规矩。"

"不过,还是躺在家乡的地里好。至少母亲总会到坟地上来哭一场。"

"当然。"

这时候飘来畜粪和干草的气味。有几头牛立在船舷附近,耷拉着脑袋。一头,两头,三头……一共有八头!那儿还有一匹小马。古塞夫伸出一只手去想摩挲它,可是它摇一摇头,龇出牙来,要咬他的袖子。

"该死的……"古塞夫生气地说。

他和兵两个人悄悄往船头走去,然后靠着船舷停下,时而默默地往上看,时而往下看。上面是深邃的天空、明亮的繁星、安宁和寂静,就跟家乡的村子里一样。下面呢,却是黑暗和混乱。谁也不知道那些高高的浪头为什么吵闹不休。不管你看哪一个浪头,它总是极力要耸得比别的浪头都高,然后砸下去,淹没别的浪头,接着另一个同样凶猛丑陋的浪头又带着轰轰的响声,闪着白色的长鬃,向它扑过去。

海洋既没有理性,也没有怜悯。假定轮船小一点,而且不是用厚铁板做成的,海浪就会毫不顾惜地砸碎它,把船上的人,不管是圣徒还是罪人,一股脑儿吞下去。轮船也同样没有理性,带着凶狠的神情。这个生着大鼻子的庞然大物照直往前冲,一路上冲碎了几百万个浪头。它既不怕黑暗,也不怕风,又不怕空旷,更不怕孤独,什么都不在它眼里,要是海洋上住着人,它也会不管是圣徒还是罪人,一股脑儿碾死了事的。

"现在我们到哪儿了?"古寒夫问。

"不知道。多半是在海当中。"

"看不见陆地。……"

"那怎么看得见!他们说要过七天才看得见呢。"

两个兵瞧着像磷火那样发亮的白色泡沫,沉默着,想心事。古塞夫首先打破沉默。

"这也没有什么可怕的,"他说,"只是有点阴森,仿佛坐在黑树林里。假定说,他们眼下把一条舢板放到水面上,有个军官命令我到一百俄里以外的海面上去捉鱼,那我是会去的。或者,比方说,眼下有个基督徒失足落水,我就会跟着跳下水去。要叫我救德国人或者满洲人,我不干,可是救基督徒,我肯出力。"

"你怕死吗?"

"怕。我舍不得家里那些田。你知道,我哥哥在家,可是他不牢靠,爱喝酒,无缘无故打老婆,不孝敬爹娘。缺了我就什么都完了,说不定我父亲会带着老太婆去沿街讨饭。不过,老兄,我的腿支持不住了,而且这儿闷得透不过气来。……我们回去睡吧。"

五

古塞夫回到诊疗所里,在他的吊床上躺下。照旧又有一种模糊的欲望来折磨他,他无论如何也不明白他需要什么。他的胸膛里像有个什么东西压着,脑袋里突突地跳,嘴里干得很,舌头都不容易活动了。他昏昏睡去,说梦话,然后给噩梦、咳嗽和闷热弄得疲乏不堪,直到早晨才睡熟。他梦见在营房里人们刚从烤炉里取出面包,他就钻进烤炉,在里面洗蒸汽浴,用桦树枝编成的长把笤帚拍打自己的身子。他睡了两天,到第三天中午,上边来了两个水手,把他从诊疗所里抬出去了。

人家用帆布把他包好,缝起来,为了要这个包沉一点,就把两根铁炉条塞进包里。他缝在帆布包里以后,看上去像是一根胡萝卜或者白萝卜,头部宽,脚部窄。……太阳落下去以前,他被人抬到甲板上,放在一块木板上,木板的一头放在船舷上,另一头放在用凳子垫高的一口箱子上。四周围站着一些脱掉帽子的无限期休假的兵和船员。

"赞美上帝!"教士开始念道,"永远,永远,世世代代赞美!"

"阿门!"三个水手唱道。

那些无限期休假的兵和船员在胸前画十字,瞧瞧一旁的海浪。说来奇怪,一个人居然缝在帆布包里,马上就要扔到海浪里。难道每个人都会碰到这种事吗?

教士在古塞夫的包上撒下一把土,然后朝他鞠躬。大家唱《永恒的悼念》。

值班的水手抬起木板的一头,古塞夫就头朝下,从木板上滑下去,在空中翻了个身,扑通一声响!泡沫把他盖住,霎时间,他似乎穿上一件满是花边的衣服,不过这一刹那就过去,他立即消失在海浪里了。

他很快地往海底沉下去。他会沉到海底吗?据说,海面离海底有四俄里。他沉下去八九俄丈以后,就越沉越慢,有节奏地摇晃着,仿佛在犹豫不定似的。他给水流带动着,已经不是照直往下沉,而是比较快地往斜下里漂去了。

不过后来,他在沉下去的路上遇到一种名叫舟鰤的鱼群。那些小鱼看见这个黑乎乎的东西,就停下来,纹丝不动,后来忽然一齐掉转头游回去,不见了。没有过完一分钟,它们又像箭似的很快扑到古塞夫这边来,循着锯齿形的线路,在他四周的水里游动。……

这以后,另一个黑东西出现了。那是一条鲨鱼。它大模大样而且不大情愿地游到古塞夫的下面,仿佛没注意到他似的。他呢,沉到它背上去了,于是它翻个身,肚皮朝上,在温暖而透明的海水里纳一纳福,懒洋洋地张开嘴,露出两排牙齿。那些舟鲫鱼高兴极了,它们停住,看看随后会发生什么事。鲨鱼把那个东西耍弄一阵,然后不乐意地把嘴凑上去,小心地用牙齿碰一碰它,帆布包就从头到脚整个裂开,一根炉条掉下来,把那些舟鲫鱼吓了一跳,它打在鲨鱼的身子上,很快地沉到水底去了。

这当儿,海面上,在太阳落下去的那一边,浮云正在堆叠起来,有的像是凯旋门,有的像是狮子,有的像是剪刀。……云层里射出一条宽阔的绿色亮光,一直伸展到天空中央。过了一会儿,它旁边出现一条紫色的,这旁边又出现一条金色的,然后又出现一条粉红色的。……天空呈现一片柔和的雪青色。海洋瞧着这个壮丽迷人的天空,先是皱起眉头,然而不久,它本身也现出一种亲切的、欢畅的、热烈的颜色,像这样的颜色是难以用人类的语言表达的。

梦　　想

有两个乡村警察,一个长着黑胡子,身材矮壮,腿短得出奇,要是从他身后看去,他的腿就像是在比一般人低得多的地方长出来的;另一个却瘦长而笔直,好比一根木棍,蓄着稀疏的深棕色胡子,他俩押着一个身世不明的流浪汉到县城去。头一个警察大摇大摆地走着,往四下里看,嘴里时而嚼一根细干草,时而嚼自己的衣袖,手不住拍胯股,鼻子里哼小曲,总之他的神态无忧无虑,吊儿郎当。另一个尽管生着瘦脸和窄肩膀,眉宇之间却庄重,严肃,老成,论周身的气派和表情,他俨然是旧教的教士,或者古代圣像上画着的武士。俗语说,"上帝看他才智过人就多给他一个额头",也就是说,他已经谢顶,这就使他越发像上述那两种人了。头一个叫安德烈·普达哈,第二个叫尼康德尔·萨波日尼科夫。

他们押解的那个人,跟一般人具有的流浪汉概念截然不同。他是个矮小虚弱的人,体力不济,带着病样,五官细小,缺乏光彩,极不起眼。他的眉毛稀稀拉拉,目光温顺而柔和,唇髭几乎还没生出来,其实这个流浪汉的年纪已经过了三十岁。他迈步走路有点畏缩的样子,拱起背脊,把手拢在袖管里。他穿一件并非农民式的旧呢大衣,绒毛已经磨损,衣领一直竖到帽边上,结果只有他的小红鼻子大着胆子伸出来,窥探上帝创造的世界。他讲话用的是尖细的男高音,带着谄媚的口气,不时嗽一下喉咙。要说他是个隐姓埋名的流浪汉,那是很难叫人相信的,很难。倒不如说他像教士的失意的儿子,为上帝所遗弃,沦为乞丐了,或者像是

农 民 集

个文书,由于酗酒而被革职了,再不然就像是商人的儿子或者侄子,在演戏的行业中试了试他微薄的力量,如今正走回家去,以便表演浪子寓言①的最后一幕。他在秋天泥泞难行的道路上不声不响,耐着性子挣扎前进,凭这一点看来,或许他是笃信宗教的修道院僧侣,走遍俄国的修道院,顽强地寻求"和平而摆脱罪恶的生活",却又找不到。……

这几个行人已经走了很久,可是好像怎么也走不出一块不大的土地。他们前边总有大约五俄丈②长的深褐色泥路,身后也总有那么一段泥路,至于远处,不管往哪儿看,总有一堵白雾的高墙,挡住人的视线。他们走啊走的,可是土地仍然是那样,高墙也没有移近一点,那一小块土地也还是那一小块土地。他们偶尔见到一块有棱角的白石头、一条小沟或者过路人丢下的

---

① 指基督教经书《新约·路加福音》中浪子回头而受到父亲欢迎的故事。
② 1俄丈等于2.134米。

一抱干草。偶尔闪出一个混浊的大水洼,不久也就消失了。再不然,前边,突然间,出人意外地显出一个轮廓不明的阴影,越走近,阴影就越小越黑,再走近点,这几个行人面前就出现一块里程碑,歪着立在那儿,上面的字迹已经模糊,要不然就是一棵可怜相的小桦树,湿漉漉,光秃秃,像是路旁的乞丐。小桦树的黄色残叶在喁喁私语,有一片树叶脱落了,懒洋洋地飘飞到地上来……随后又是迷雾、泥泞、路旁的褐色杂草。草上挂着混浊的、不祥的眼泪。这不是那种充满宁静的喜悦的眼泪,不是大地迎来和送走夏季的太阳的时候流着的眼泪,也不是每到黎明时分用来供鹌鹑、秧鸡、苗条而又嘴长的麻鹬解渴的眼泪!这几个行人的脚陷在沉重而稠黏的烂泥里。每迈一步都要费不小的劲。

安德烈·普达哈有点激动。他不住回头看流浪汉,极力要弄明白这个清醒的活人怎么能不记得自己的姓名。

"你总该是正教徒吧?"他问。

"是正教徒。"流浪汉温和地回答说。

"嗯！……那么你受过洗吧？"

"怎么会没受过洗呢？我又不是土耳其人。教堂我也去,到斋期我也持斋,不吃荤腥。我是严守教规的。……"

"哦,那你叫什么名字？"

"你要怎么叫就怎么叫吧,伙伴。"

普达哈耸起肩膀,大惑不解地拍自己的胯股。另一个乡村警察尼康德尔·萨波日尼科夫保持庄严的沉默。他不像普达哈那么天真,看来完全知道是什么原因促使这个正教徒对外人隐瞒自己的姓名。他那富于表情的脸冷漠而严正。他独自走他的路,不屑于跟同伴们闲谈,仿佛极力向大家,甚至向大雾表明他稳重而老练似的。

"上帝才知道应该把你看成什么人才是,"普达哈继续纠缠说,"农民不像农民,老爷不像老爷,有点不三不四。……前几天我在池塘里洗筛子,捉到那么一条小蛇,喏,只有手指头那么长,长着腮和尾巴。起初我当它是鱼,后来一看,该死的东西!原来生着爪子呢。像鱼不是鱼,像蝮蛇不是蝮蛇,鬼才知道它是个什么玩意儿。……你也是这样。……你是什么出身?"

"我是农民,出身农家,"流浪汉叹口气说,"我妈是地主家的农奴。论相貌,我不像农民,这话是不错的,因为我命中就注定了这样,好人。我妈在老爷家当保姆,吃穿讲究,我是她的亲骨肉,跟着她在老爷家里过。她老人家疼我,宠我,打定主意要把我从老百姓提拔成上流人。我睡的是床,每天吃上等伙食,穿长裤和半高腰皮靴,活像贵族家的少爷。我妈吃什么,我也吃什么,主人家送给她衣料,她就给我做衣服穿。……日子过得可好了!我小时候吃过那么多的糖果和蜜糖饼干,要是现在拿来卖掉,准能买回一匹好马呢。我妈教我读书写字,叫我从小就敬畏上帝,把我管教得至今都不会说庄稼汉的粗话。白酒我不喝,伙伴,衣服总是穿得整整齐齐,在上流社会里周旋应对都很得体。她老人家要是还活着,那就求上帝保佑她平安吧,要是她已经死了,那么,主啊,在你那容让规矩人安息的天国里,也让她的灵魂安息吧!"

流浪汉脱掉帽子,露出头上竖起的稀疏的硬发,抬起眼睛望着天空,在胸前画了两次十字。

"主啊,赐给她富饶的地方,安息的地方吧!"他拖着长音说,他的声调与其说像男人,不如说像老太婆,"主啊,用你的道理开导她,开导你的奴隶克谢尼雅吧!要不是亲爱的妈妈,我现在就成了普通的庄稼汉,什么也不懂了!如今呢,伙伴,不管你问我什么,我全懂:世俗的文字也罢,宗教的圣书也罢,各种祈祷词也罢,教义问答也罢,我全懂。我就是按圣书上的话活着的。……我不得罪人,守身如玉,照教规持斋,按时进餐。别人觉得只有喝酒和说下流话才算是乐趣,可是我有了空闲,却到墙角上去坐着看书。我一边看书,一边止不住掉泪,哭。……"

"你哭什么?"

"书上写得可怜啊!有的小书花五戈比就能买到手,可是看得你止不住哭,止不住唉声叹气。"

"你父亲死了吗?"普达哈问。

"不知道,伙伴。我不知道我的亲爹是谁,这罪孽也用不着瞒人了。我是这么想的:我必是我妈的私生子。我妈一辈子住在地主家里,不愿意嫁给普通的庄稼汉。……"

"她就跟老爷勾搭上了。"普达哈说,冷冷一笑。

"她失身了,这是实在的。她老人家笃信宗教,敬畏上帝,可是没有保住贞操。这当然是罪孽,大罪孽,这用不着多说,不过另一方面,说不定我身上也就有贵族的血了。说不定我只在名分上是农民,实际上却是贵族老爷呢。"

这个"贵族老爷"用轻微的、甜滋滋的男高音说出这些话来,皱起窄小的额头,冻红的小鼻子里发出一种刺耳的响声。普达哈听着,惊讶地斜起眼睛瞧着他,不住耸动肩膀。

农　民　集

两个乡村警察押着流浪汉走出六俄里光景,在一个高土墩上坐下休息。

"就连狗都记得自己的名字,"普达哈嘟哝说,"我叫安德烈他叫尼康德尔,各人有各人神圣的名字,这说什么也忘不了! 说什么也忘不了!"

"谁有必要知道我的姓名呢?"流浪汉叹道,用拳头支住脸颊,"我说了对我有什么好处呢? 要是我说了就可以爱到哪儿去就到哪儿去,那倒也罢了,可是实际上却会比现在更糟。我懂法律,两位正教教友。现在我是个记不得姓名的流浪汉,那么至多也就判我流放到西伯利亚东部去,再抽上三四十下鞭子罢了,可我要是对他们说出真姓名和真出身,那他们就会把我发配去做苦工了。我懂!"

"莫非你做过苦役犯?"

"做过,亲爱的朋友。剃了头发,戴着镣铐,足足有四年呢。"

"犯了什么案?"

"杀人案,好人!我小时候,十八岁上下,我妈一不小心,原该在老爷的杯子里放上苏打的,却放了砒霜。储藏室里各式各样的药盒多得很,很容易拿错。……"

流浪汉叹口气,摇摇头,说:

"她老人家是个笃信宗教的人,可是谁知道她呢,别人的灵魂好比一片密林啊!这也许是不小心,可也许是老爷跟另外一个使女亲近,她心里受不了这种气。……说不定砒霜是有意给他放的,上帝才知道!我那时候年纪小,不大懂。……现在我还记得,老爷确实另找了个姘妇,我妈伤心得很。后来我们差不多打了两年官司。……我妈判了二十年苦役刑,我年纪小,只判了七年。"

"为什么也把你判刑呢?"

"因为是同谋犯。那个杯子是我拿给老爷的。素来都是这样:我妈冲好苏打水,由我拿给他。不过,两位老兄,这些话,我是照基督徒那样,当着上帝的面,给你们讲的,你们可别告诉外人啊。……"

"放心吧,别人是连问也不会问我们的,"普达哈说,"那么,这样说来,你是从做苦工的地方逃回来的?"

"是逃回来的,亲爱的朋友。逃跑的一共有我们十四个人。求上帝保佑他们,那些人不但自己逃跑,也把我带上了。现在你想想看,伙伴,凭良心说,我有什么理由说出我的底细呢?要知道,他们会又把我押回去做苦工的!可是我怎么能做苦役犯呢?我是个娇贵的人,有病,喜欢睡在干净的地方,吃讲究的伙食。我祷告上帝的时候,喜欢点上一盏小灯或者一支小蜡烛,四周要没有吵闹声才好。临到我叩头,地板上应该没有垃圾,没有痰。每天一早一晚,我要为我妈叩四十个头呢。"

流浪汉脱掉帽子,在胸前画十字。

"不过,随他们把我流放到西伯利亚东部去好了,"他说,"我不怕!"

"莫非这样倒好些?"

"那完全是另一种光景!在做苦工的地方,你活像一只虾,给人扔进了筐子:万头攒动,挤来挤去,磕磕碰碰,就连透一口气的地方也没有,活生生的一个地狱,像那样的地狱只求圣母别让我们落进去才好!你是强盗,那就叫你尝一尝做强盗的滋味,比狗都不如哟。吃不好,睡不稳,祷告上帝也说不上。可是在流放地,那就不一样了。在流放地,首先,我登记入村社,跟别的社员一样。当局依法得给我一块份地……是啊!据说,那儿的土地不值钱,简直像雪片,你要多少就给多少!伙伴,那他们就会给我一大片地,又能种庄稼,又能种菜,又能盖房子。……我呢,就跟别人那样耕地,播种,买牲口,置办各种农具,养蜂,养羊,养狗。……西伯利亚种的猫也要养,免得田鼠和家鼠吃掉我的存粮。……老兄,我要搭起木架盖房,我要买圣像。……上帝保佑,我还会娶亲,生儿养女哩。"

流浪汉嘴里唠叨着,眼睛没看听讲的人,却瞧着旁边远处。不管他的幻想多么天真,却是用诚恳热切的口气说出口的,因此使人很难不相信。流浪汉嘻开小嘴微笑。他乐不可支地玩味遥远的幸福,他的整个脸、眼睛、小鼻子一动也不动,他出神了。两个乡村警察严肃地听着他讲,瞧着他,不由得同情他。他们也相信了。

"我不怕西伯利亚,"流浪汉继续唠叨说,"西伯利亚也是俄国嘛,那儿的上帝和沙皇也就是这儿的上帝和沙皇,那儿的人也像正教徒那么讲话,跟你我一样。不过那儿自由得多,人们的生活也富裕得多。那儿样样都比这儿强。比方拿那儿的河来说,就比这儿的不知好多少倍!鱼啦,野禽啦,多得数不清!我呢,老兄,最喜欢的就是钓鱼。不给我面包吃倒没关系,只要让我在河边坐着钓鱼就成。真是这样。我有时候用钓竿钓鱼,有时候用钩子,有时候用篓子,等河上结的冰流动了,我就撒网捕鱼。我没有力气拉网,那就花五戈比雇个庄稼汉好了。主啊,那会多么快活!捉到一条江鳕或者大头鳓,就好比见了亲兄弟呢。你猜怎么着,各种鱼有各种鱼的钓法:有的是用饵鱼去钓,有的就用蚯蚓,有的却用青蛙或者螽斯。这可全得在行!比方说江鳕吧。江鳕这种鱼可不客气,见了棘鲈就吞下肚去。梭鱼喜欢吃鲌鱼,大头鱼喜欢吃蝴蝶。大头鳓,要是在湍急的河水里去捉,天下可就再也没有比这更快活的事了。你把细钓丝扔出大约十俄丈远去,上面不加铅锤,只拴上蝴蝶或者甲虫,让钓饵漂在水面上,你脱了长裤站在水里,让钓丝顺着水漂,大头鳓就会来上钩!不过这时候要想法叫它,叫这个该死的东西别把食饵扯掉。它刚一扯你的钓丝,你就赶紧一拉,不能等。我这辈子捉到的鱼不知有多少!当初在逃回来的路上,别的犯人都在树林里睡觉,我却睡不着,总是到河边去。那儿的河又宽又急,河岸高陡,吓人啊!岸上满是茂密的树林。树木高极了,你抬头一看树顶,头都发晕。要是按此地的价钱,那儿每棵松树都能卖十卢布呢。"

农　民　集

　　这个可怜的人头脑里充满了幻想、往事的经过美化的形象和对幸福的甜蜜的憧憬。在这种纷至沓来的压力下,他沉默了,光是努动嘴唇,仿佛在跟自己小声说话。呆头呆脑的快乐笑容一直没离开他的脸。乡村警察沉默了。他们低下头,沉思不语。在秋天的寂静中,寒冷而严峻的迷雾从地上升起来,压在人的心头,像狱墙那样横在人的眼前,证明人的意志是受着限制的,在这样的时候想着宽阔而湍急的河流以及辽阔高陡的河岸,想着无法通行的密林和一望无际的草原,倒是很畅快的。他们的想象力缓慢而平静地描绘着凌晨天空的红霞还没褪尽,却已经有一个人在荒无人烟的陡岸上行走,像是一个小小的黑点。河流两旁,层层叠叠,净是古老而挺拔的松树,严峻地瞧着这个自由的人,阴沉地发出抱怨声。树根啦,大石块啦,带刺的荆棘啦,拦住他的去路,可是他身体强壮,精神抖擞,不怕松树,不怕石头,不怕孤单,不怕每走一步路都会引来的洪亮回声。

两个乡村警察暗自描绘他们从没经历过的自由生活的画面。至于这究竟是他们模糊地想起了很久以前听说过的故事中的形象呢,还是自由生活的概念原是他们从遥远而自由的祖先那里连同血肉一并继承下来,在他们心里生下了根的,那就只有上帝才知道了!

头一个打破沉默的是尼康德尔·萨波日尼科夫,他至今还没有吐露过一句话。也许他嫉妒流浪汉的渺茫的幸福吧,或者,也许他心里感到幸福的梦想跟灰白色的迷雾和深棕色的泥泞格格不入,总之他严峻地瞧着流浪汉,说:

"话是不错的,这都挺好,不过,老兄,你走不到那个自由的天地。你怎么能行呢?你走上三百俄里,就会把灵魂交给上帝了。瞧瞧你,身子多么弱!你才走了六俄里,就已经喘得不行了!"

流浪汉慢腾腾地转过脸瞧着尼康德尔,脸上的快乐笑容消失了。他惊恐而负疚地瞧着乡村警察庄重的脸色,大概想起了什么心事,低下头去。沉默又来了。……三个人都在沉思。两个乡村警察费尽心思,竭力想象也许只有上帝才能想象的事,那就是他们和自由天地之间相距有多么远,而且远得多么可怕。可是流浪汉的脑子里挤满各种画面,它们鲜明,清楚,而且比那距离还要可怕。他眼前生动地现出办事拖拉的法院、临时羁押监狱和苦役犯的监狱、囚犯所乘的船只、沿途令人困顿的停歇、严寒的冬天、疾病、同伴的死亡。……

流浪汉负疚地眯着眼睛,举起衣袖擦掉额头上冒出的小颗汗珠,不住地喘气,仿佛刚从热烘烘的澡堂里跑出来,然后举起另一只衣袖擦一下额头,战战兢兢地回过头去看。

"你也真走不到!"普达哈同意说,"你哪儿是能走路的人呢?你看看你那样儿:皮包骨头!你会死掉的,老兄!"

"当然会死掉!他哪能行呢?"尼康德尔说,"他现在就该送进医院去了。……真的!"

这个身世不明的人惶恐地瞧着两个凶险的旅伴那严峻而冷漠的脸,帽子也来不及脱就瞪大了眼睛,赶快在胸前画十字。……他周身发抖,脑袋颤摇,四肢开始扭动,像是一条毛毛虫被人踩了一脚似的。……

"好,我们也该走了,"尼康德尔说着,站起来,"歇够了!"

过一会儿这几个行人顺着泥泞的道路走下去。流浪汉越发拱起后背,两只手更深地拢进袖管。普达哈不讲话了。

识别上方二维码

免费收听契诃夫小说精彩片段